U0152634

千 里 远 景 ， 如 在 尺 寸 之 间 。

星河摇摇欲坠

——费特诗集

〔俄〕阿法纳西·阿法纳西耶维奇·费特 著

曾思艺 译

俄罗斯纯艺术派诗丛

中国工人出版社

俄国19世纪纯艺术派诗歌

曾思艺

俄国19世纪纯艺术派诗歌是俄国唯美主义文学的代表。

唯美主义（Эстетизм，一译“艺术至上主义”“为艺术而艺术主义”）是19世纪中后期流行于欧美的一种文艺思潮，它主张“为艺术而艺术”，强调超现实、无功利的纯粹美，否定文艺的道德意义和社会教育作用，致力于追求艺术技巧和形式美。俄国唯美主义文学就是在这一大潮中形成并发展的，又称“纯艺术派”（Школа «Чистого искусства» 或 Школа «Искусства для искусства» 或 Школа «Искусства ради искусства»），兴起于19世纪40年代，旺盛于50—70年代，80年代开始衰落，包括文学理论与诗歌创作两个方面。前者是纯艺术理论（Эстетическая критика），由德鲁日宁（Александр Васильевич Дружинин，1824—1864）、鲍特金（Василий Петрович Боткин，1811—1869）、安年科夫（Павел Васильевич Анненков，1812—1887）“三巨头”组成；后者是纯艺术诗歌（Поэзия чистого искусства），由费特（Афанасйй Афанасьевич Шеншин-Фет，1820—1892）、迈科夫（Аполлон Николаевич Майков，1821—1897）、波隆斯基（Яков Петрович Полонский，1819—1898）“三驾马车”和丘特切夫（Федор Иванович Тютчев，1803—1873）、阿·康·托尔斯泰（Алексей Константинович Толстой，1817—1875）、谢尔宾纳（Николай Федорович Щербина，1821—1869）、麦伊（Лев Александрович Мей，1822—1866）等组成，而巴拉丁斯基（Евгений Абрамович Баратынский，1800—1844）是其先驱。俄国唯美主义高举“为艺术而艺术”的旗帜，捍卫艺术的独立，强调艺术是崇高和永恒的，与生活中那些“肮脏”的现实和人们所关注的时代问题无关，重视文学的艺术性，极力追求文学的形式美，在艺术形式方面有诸多新的探索，虽不无偏颇之处，但取得了相当突出的艺术成就，推进了俄国文艺理论和诗歌的发展，在19世纪后期的俄国文坛曾经占有令人瞩目的地位，并且对当时占主流地位的别林斯基、车尔尼雪夫斯基、杜勃罗留波夫等的文学理论偏颇有一定的矫正；在20世纪，又对俄国诗歌尤其是现代主义和“静派”（亦译“悄声细语派”）的诗歌以及现代主义与形式主义文论产生了较大的影响。

19世纪俄国唯美主义文学是在19世纪特定的历史文化环境中与革命民主主义理论家和文学家的论战中形成的。当时，一方面整个俄国社会接受西欧思想观念的影响，逐渐走向并慢慢形成尊重个体和人权的民主家庭、公民社会及法制国家[1]，俄国资本主义大大发展，整个社会慢慢形成唯物主义、现实主义、注重实利、崇拜金钱的时代风气；另一方面由于本国的“十二月党人起义”和法国1830和1848年两次革命，沙皇政府又一再实行专制高压政策。面对当时社会现实的政治高压和唯物主义、崇拜金钱、现实主义的盛行，尤其是别林斯基、车尔尼雪夫斯基、杜勃罗留波夫等革命民主主义理论家过分重视文学的政治功用而使之变成政治斗争的工具，涅克拉索夫、谢德林等现实主义作家和民粹派作家过分注重写实，甚至完全把文学变成政治宣传的工具，唯美主义文学作为一种有力的反拨甚至一种矫枉过正的力量和思潮、流派，出现在俄国19世纪中后期的文坛。它的产生，受到

1 详见【俄】米罗诺夫：《俄国社会史——个性、民主家庭、公民社会及法制国家的形成（帝俄时期：十八世纪至二十世纪初）》，上下卷，张广翔等译，山东大学出版社，2006年版。

古希腊罗马哲学、德国古典哲学、西欧唯美主义以及本国茹科夫斯基、普希金乃至别林斯基、斯坦凯维奇、格里高利耶夫等的双重影响。

最能体现俄国唯美主义文学成就的是纯艺术派诗歌。纯艺术派诗歌在艺术上进行了诸多探索，形成了自己的特色，取得了很高的艺术成就。巴拉丁斯基的大多数诗都沉浸在个人的世界里，致力于艺术的新探索与新追求，早期的诗把忧伤和人生的欢乐糅合在一起，致力于描写人的内心矛盾和心理变化过程；晚期接受德国古典哲学和美学的影响，致力于创作哲理诗。因此，他被称为“纯艺术的先驱”。丘特切夫思考人在宇宙中的位置，表现永恒的题材（自然、爱情、人生），挖掘自然和心灵的奥秘，表达了生态意识的先声，并在瞬间的境界、多层次结构及语言（古语词、通感等）方面进行了新探索，形成了显著的特点：深邃的哲理内涵、完整的断片形式、独特的多层次结构、多样的语言方式。费特充分探索了诗歌的音乐潜力，达到了很高成就，被柴可夫斯基称为“诗人音乐家”，其诗歌美的内容主要包括自然、爱情、人生和艺术，这些能体现永恒人性的主题，在艺术上则大胆创新，或情景交融，化景为情；或意象并置，画面组接；或词性活用，通感手法。作为诗人兼画家的迈科夫的诗歌主要包括古希腊罗马风格诗、自然诗、爱情诗，其显著特点是古风色彩——往往回归古希腊罗马，以典雅的古风来表现人与自然的和谐，以及雕塑特性和雅俗结合。曾在梯弗里斯和国外生活多年的波隆斯基的诗歌主要有自然诗、爱情诗、社会诗、哲理诗，其突出的艺术特色是：异域题材，叙事色彩，印象主义特色。阿·康·托尔斯泰的诗歌则包括自然诗、爱情诗、哲理诗、社会诗，他善于学习民歌，把握了民歌既守一定的格律又颇为自由的精髓，以自由的格式创作民间流行的歌谣般的诗歌，并在抒情诗中大量运用象征、否定性比喻、反衬、对比、比拟等民歌常用的艺术手法，因此，他的很多富有民歌风格的抒情诗（70余首）被作曲家谱成曲子。

与法国、英国的唯美主义文学相比，俄国纯艺术派或俄国唯美主义文学的特点表现为：

第一，是在论战中产生的，文学理论的系统性不十分鲜明。法国唯美主义文学通过戈蒂耶、波德莱尔、巴那斯派的阐发和发展，已初具理论体系；英国唯美主义文学通过佩特和王尔德的发展，更是形成了相当完备的理论体系，不仅“为艺术而艺术”，而且，使艺术进而发展成一种人生态度和人生追求；而俄国唯美主义文学理论由于是在论战中产生的，往往针对具体问题展开论述，因此，文学理论的系统性不十分鲜明，而且很少创新。

第二，既注意客观，也不排斥抒情，介于英法唯美主义之间。法国唯美主义诗歌尤其是其代表“巴那斯派”诗歌与自然主义小说一样，受自然科学的影响颇大，强调以客观冷静为创作原则；英国唯美主义诗歌由于重视梦幻、梦想，具有强烈的抒情色彩；俄国的唯美主义诗歌则介于英、法唯美主义之间，既注意客观，也不排斥抒情，无论是巴拉丁斯基、丘特切夫、费特、迈科夫，还是波隆斯基、阿·康·托尔斯泰，他们都对世界尤其是大自然有相当细致的观察，也在其诗歌中颇为客观、细致地描写了大自然的光影声色以及种种运动变化，同时又根据需要，适当抒发自己的感情。如丘特切夫的《秋日黄昏》："秋日黄昏的明丽中，/有一种温柔而神秘的美，/那不祥的光辉，斑斓的树丛，/深红树叶的沙沙慵懒而轻微，/薄雾轻笼的静幽幽碧空，/紧罩着冷清清的愁闷大地；/有时会突然吹来阵阵冷风，/仿佛是暴风雨临近的预示，/一切都在衰败都在凋萎，/那温柔的笑容也在凋零，/若在万物之灵身上，我们称之为/神灵的隐秘的苦痛。"前面颇为客观地描写了秋天黄昏时的另一种明媚的景致，较为细腻地写到了斑斓的树木、不祥的光辉、紫红的枯叶、沙沙的声音、薄雾和安详的蓝天，然后，颇带感情地指出这一切都带着一种凄凉而温柔的笑容，并强调说，若是在人身上，我们会看作神灵的心隐秘着的痛苦。又如费特的《傍晚》："明亮的河面上水流淙淙，/幽暗的草地上车铃叮当，/静谧的树林上雷声隆隆，/对面的河岸闪出了亮光。//遥远的地方朦胧一片，/河流弯弯地向西天奔驰，/晚霞燃烧成金色的花边，/又像轻烟一样四散飘去。//小丘上时而潮湿，时而闷热，/白昼的叹息已融入夜的呼吸——/但仿若蓝幽幽、绿莹莹的灯火，/远处电光清晰地闪烁在天际。”这里有颜色：碧水、青草、红霞、金边、蓝光、绿闪，可谓色彩纷呈；这里有声音：水流“淙淙”、车铃“叮当”、雷声“隆隆”，还有白昼的“叹息”和夜的“呼吸”……称得上众声齐发。这一切细致的观察与较为客观的描写，构成傍晚美妙的画面，展示了一个静谧的境界。其中“白昼的叹息已融入夜的呼吸”一句尤为精彩，它以拟人的手法相当简洁而生动、形象地描绘出了昼夜交替时的情景，堪称大师的抒情手笔。

既注意客观，也不排斥抒情，在纯艺术诗歌派诗人的爱情诗中表现得更为突出，尽管他们也往往结合自然，情景交融地表现爱情。如丘特切夫的《我记得那金灿灿的时分》：“我记得那金灿灿的时分，/我记得那心爱的地方：/日已黄昏；只有我们两人；/多瑙河在暮色中哗哗喧响。//山岗上有一座古堡的废墟，/闪着白光，面朝着远方；/你亭亭玉立，年轻的仙女，/倚在苔藓茸茸的花岗岩上。//你用一只纤秀的脚掌，/触碰着古老的巨石墙体；/太阳正慢慢慢慢沉降，/告别山岗、古堡和你。//温和的清风轻轻吹过，/柔情地抚弄着你的衣裳，/还把野苹果树上的花朵，/一朵朵吹送到你年轻的肩上。//你纯真无虑地凝望着远方……/阳光渐暗，烟雾弥漫天边；/

白昼熄灭；小河的歌声更加响亮，/热闹了夜色苍茫的两岸。//你满怀无比轻快的欢欣，/度过了幸福快乐的一天时光；/而那白驹过隙的生命之影，/正甜蜜蜜地掠过我们头上。”这首诗把人与自然结合起来，通过回忆的、抒情的调子，客观地向我们展开一幅美丽的图画：在暮色降临的美妙黄昏时分，在宁静宜人的多瑙河边，远方，有古堡在山顶闪着白光，眼前，心上人倚着生满青苔的花岗岩，脚踩塌毁的古老石墙，沐浴着夕阳的红辉，潇洒地眺望远方，一任向晚的轻风悄悄地顽皮地舞弄衣襟，把野生苹果的花朵一一朝肩头吹送。全诗充满着柔情蜜意盈盈溢出的生活细节，弥漫着幸福、和美、愉快的气氛。涅克拉索夫对这首满蕴诗情画意的诗非常赞赏，认为它属于丘特切夫本人，甚至是全俄罗斯最优秀的诗歌之列。但在诗歌的结尾，诗人表现了对人生美好易逝、时光难留的抒情性哲理感慨：幸福的时光已化为幽影从头上飞逝。费特的《柳树》也是如此：“让我们坐在这柳树下憩息，/看，树洞四周的树皮，/弯曲成多么奇妙的图案！/而在柳树的清荫里，/一股金色水流如颤动的玻璃，/闪烁成美妙绝伦的奇观！//柔嫩多汁的柳树枝条，/在水面弯曲成弧线道道，/仿如绿莹莹的一泓飞瀑，/细细树叶就像尖尖针脚，/争先恐后，活泼轻俏，/在水面上划出道道纹路。//我以嫉妒的眼睛，/凝视这柳树下的明镜，/捕捉到心中那亲爱的容颜……/你那高傲的眼神柔和如梦……/我浑身战栗，但又欢乐融融，/我看见你也在水里发颤。”一对青年男女，正处在初恋关系微妙的阶段，女方可能对男方一直比较高傲、严肃甚至有点严厉，使之感到不敢亲近，他们在美丽的小河边的柳荫下休息，优美生动的美景，使双方都深深陶醉了，男方更感到惊喜，因为他发现平时像女王一样高傲的女子，居然“高傲的眼神柔和如梦”，而且似乎也激动得浑身颤抖（“我看见你也在水里发颤”）。全诗首先客观地描写柳树和小河的美，然后才抒发抒情主人公“欢乐融融”的激情。迈科夫的《遇雨》在这方面更加突出：“还记得吗，没料到会有雷雨，/远离家门，我们骤遭雷雨袭击，/赶忙躲进一片繁茂的云杉树荫，/经历了无穷惊恐，无限欢欣！/雨点和着阳光淅淅沥沥，云杉上苔藓茸茸，/我们站在树下，仿佛置身金丝笼。/周围的地面滚跳着一粒粒珍珠，/串串雨滴晶莹闪亮，颗颗相逐，/滑下云杉的针叶，落到你头上，/又从你的肩头向腰间流淌……/还记得吗，我们的笑声渐渐轻微……/猛然间，我们头顶掠过一阵惊雷——/你吓得紧闭双眼，扑进我怀里……/啊，天赐的甘霖，美妙的黄金雨！”（曾思艺译）全诗先客观地描写外出遇雨以及在林中身处太阳雨中的动人美景，最后因为女方被雷声吓得躲入怀中而激情高呼，从而极其生动、细致、形象地展示了初恋时那种微妙、纯洁的恋爱心理。

第三，具有印象主义特色。法国唯美主义诗歌独具雕塑美；英国唯美主义诗歌具有梦幻美，并且更具感觉主义与快乐主义因素；俄国唯美主义诗歌则多具印象主义色彩。法国唯美主义诗歌注重形式美的创造，具体表现为重视诗歌的色彩美、音乐美，尤其重视的是诗歌的雕塑美。郑克鲁指出："巴那斯派诗人具有敏锐而精细的目光，语言的运用精确简练，善于描画静物，已经开始注意诗歌的色彩、音乐性和雕塑美。"[1]因此，他们的诗歌独具雕塑美，这在李勒的诗歌、埃雷迪亚的《锦幡集》及邦维尔的诗中表现明显，而在李勒的诗中尤为突出。李勒刻意追求造型艺术的美，他的诗格律严谨，语言精确，色彩鲜明，线条突出，像大理石雕像一样，给人以坚固、结实、静穆的感觉，同时也闪烁着大理石雕像一般的冷静的光辉，如其《正午》和《美洲虎的梦》。英国唯美主义诗歌则具有梦幻美，并且更具感觉主义与快乐主义因素，如罗塞蒂根据自己的画《白日梦》创作的《白日梦》（题画诗）。《白日梦》一画极其成功，是罗塞蒂的代表作之一，被称为具有一种"罗塞蒂式的美"：一位身穿绿色衣服的美丽少妇坐在茂密的大树下，卷发浓密，脖子修长，嘴唇饱满而性感，面容憔悴，神情感伤，右手无力地挽住树枝，左手搭在放于膝间的书本上，掌心有一枝花瓣开

1　郑克鲁：《法国诗歌史》，上海外语教育出版社，1996年版，第176页。

始垂下的鲜花，整个画面弥漫着一股淡淡的忧伤。她那木然发呆的表情，全然忘了那似乎随时都可能滑到地上的膝间的书本和掌心的花朵，说明她正深陷于某种白日梦中（从周围的环境看，这应该是一个午后的花园），画面上浓厚的绿色调、周边缥缈的云雾进一步加强了画面的感染力。诗歌细致地展现了绘画的情景：仲夏时节，荫凉的槭树，画眉欢唱，树林像梦幻一样，画中的女性正独坐着，在做白日梦，在她忘了的书上落下了一朵她忘了的小花，王佐良指出：该诗特别吸引人之处，在于诗中“有一种梦的神秘同女性的吸引力的混合”[1]。俄国唯美主义诗歌则由于大多数诗人往往通过捕捉自然和社会中某个瞬间来表现思想情感，因而多具印象主义色彩。如丘特切夫的《雾气蒙蒙、阴雨绵绵的黄昏》：“雾气蒙蒙、阴雨绵绵的黄昏，/听，那不是云雀的歌声？/真是你吗，清晨美好的客人，/在这死气沉沉的薄暮时分？/你灵活、欢快、嘹亮的歌声，/在这死气沉沉的薄暮时分，/就像疯子那可怕的笑声，/深深震撼了我整个灵魂！”全诗抓住黄昏时分听到清晨才能听到的云雀歌声深受感动的瞬间印象，但并未从正面按照传统方法赞美云雀歌声的动听，而是反面着笔，说它“就像疯子那可怕的笑声”，特别突出了薄暮时分死气沉沉的气氛，真实新颖、入木三分

1 王佐良：《英国诗史》，译林出版社，1997年版，第381页。

地写出了在这一气氛中云雀的歌声给自己的心灵所带来的极其强烈的瞬间震撼。这种通过捕捉瞬间来表现思想情感的方法，在俄国唯美主义诗歌中屡见不鲜，使其诗歌极具印象主义特色，最典型的是费特，他的《呢喃的细语，羞怯的呼吸》一诗未用一个动词，而把沉醉于恋爱中一个晚上的时间的流逝，化成一个个主观感受印象的镜头或画面，以跳跃的方式串接起来，就像印象派的点彩画："呢喃的细语，羞怯的呼吸，/夜莺的鸣唱，/朦胧如梦的小溪/轻漾的银光。//夜的柔光，绵绵无尽的/夜的幽暗/魔幻般变幻不定的/可爱的容颜。//弥漫的烟云，紫红的玫瑰，/琥珀的光华，/频频的亲吻，盈盈的热泪，/啊，朝霞，朝霞……"而其《这清晨，这欢欣》更是被称为"印象主义的杰作"："这清晨，这欣喜，/这白昼与光明的伟力，/这湛蓝的天穹，/这鸣声，这列阵，/这鸟群，这飞禽。/这流水的喧鸣，//这垂柳，这桦树，/这泪水般的露珠，/这并非嫩叶的绒毛，/这幽谷，这山峰，/这蚊蚋，这蜜蜂，/这嗡鸣，这尖叫，//这明丽的霞幂，/这夜村的呼吸，/这不眠的夜晚，/这幽暗，这床第的高温，/这笃笃啄木声，这呖呖莺啼声，/这一切——就是春天。"在这里，各种意象纷至沓来，并置成一个个跳动的画面，时间、空间融为一体，无一动词，而读者的感觉却是如行山阴道中，目不暇接。那急管繁弦的节奏，一贯到底的气势，充分展示了春天丰繁多姿、新鲜活泼的种种印象对人的强烈刺激以及诗人在此刺激下所产生的类似“意识流”的鲜活心理感受。“这……”一气从头串联至尾，既形成大度的、频繁的跳跃，又使全诗的意象以排比的方式互相连成一体，既是内在旋律的自然表现，又是从外部对它的加强。本诗的押韵也极有特色（译诗韵脚悉依原作）：每一诗节变韵三次（第一、二句，第三、六句，第四、五句各押一种韵），体现了全诗急促多变的节奏，而第三、六句的韵又把第四、五两句环抱其中，则又在急促之中力破单调，相互衔接，使多变显得有序（试换成一二、三四、五六各押一韵，则过于单调多变）。全诗三节，每节如此押韵，就更是既适应了急管繁弦的节奏，又使诗歌音韵在整体上多变而有规律，形成和谐多变的整体动人韵律，并对应于充满生机与活力、似多变而和谐的大自然的天然韵律，使音韵、形式、内容有机地融合成完美的整体。这首诗充满了光明与欢乐，充分表现了自然万物在春天苏醒时欣欣向荣的生机与活力，格调高昂，意境绚丽，意象繁多而鲜活，画面跳跃又优美，韵律多变却和谐，是俄国乃至世界诗歌中的瑰宝。迈科夫的《春》：“淡蓝的，纯洁的/雪莲花！/紧靠着疏松的/最后一片雪花……//是最后一滴泪珠/告别昔日的忧伤，/是对另一种幸福/崭新的幻想……”则抓住初春雪莲花开还有雪花的瞬间感触，生动地把这一瞬间过去、现在、未来三者融为一体，既有点感伤又满怀希望的复杂心态很好地表现了出来。波隆斯基的《月光》："坐在长凳上，在轻轻呢喃的/树叶的透明阴影中，/我听见夜翩然降临，也听见/公鸡在此呼彼应。/繁星在远处闪闪烁烁，/云朵被照耀得光彩熠熠，/魔幻般迷人的月光/颤动着悄悄泻满大地。//生命中最美好的瞬间——/心中充满火热的希望，/恶、善与美/这些宿命的印象；/亲近的一切，遥远的一切，/忧伤和可笑的一切，/心灵里沉睡的一切，/在这一瞬间光华烨烨。//为何对逝去的幸福/现在我丝毫也不惆怅，/为何往昔的欢乐/仿若忧愁一般凄凉，/为何昔日的忧伤/还如此鲜活，如此明亮？——/这莫名其妙的幸福/这莫名其妙的悲伤！"更是明显地抒写月夜的美景在"生命中最美好的瞬间"触发心灵，产生莫名其妙的幸福与忧伤的复杂情绪。此外，丘特切夫的不少诗也被称为印象主义的艺术描写，他"在使用形容词和动词时，可以把各种不同类型的感觉杂糅在一起"，如"诗人对'幽暗'曾使用过各种形容词，说它'恬静''沉睡''悄悄''郁悒''芬芳'，可以看出，这里是杂糅许多种感觉的"[1]。

第四，理论与创作互动。尽管法国、英国、俄国的唯美主义都是既有理论又有创作，而且差不多理论与创作

---

1 【俄】丘特切夫《丘特切夫诗选》，查良铮译，外国文学出版社，1985年版，第199—200页。

都有双向作用——理论从创作实践中归纳出来，进而指导、推动创作，而创作也在提供新的内容丰富、发展理论的同时，既遵从理论又根据实际需要在某些地方突破了理论，但俄国唯美主义文学创作与理论的双向作用更为突出。法国和英国唯美主义的理论更多的是作家兼理论家提出的，他们的理论更多地指向自身创作：往往是先提出理论，然后再在创作中实践并丰富它，戈蒂耶、波德莱尔、佩特、王尔德等莫不如此。巴那斯派只接受了戈蒂耶的“为艺术而艺术”、追求形式美的主张，而自己根据时代思潮，补充、丰富了实证主义、自然主义的科学精神和客观、冷静。罗斯金稍有例外，他的唯美理论来自“拉斐尔前派”的创作实践，又在某种程度对其有一定的影响，但其主要功绩是为遭到舆论围攻的“拉斐尔前派”进行辩护，实际上正如英国学者劳伦斯·宾扬指出的那样：“我们不需要关注罗斯金与前拉斐尔派成员的个人关系，只要记住这个运动的起源是完全独立的就足够了。《现代画家》的著名作者所获得的公众效应，在年轻画家早期对抗恶意批评的过程中帮助了他们，就好像是他的个人友谊秘密帮助了他们。但是每一位年轻画家都沿着自己的轨迹前进，很少受到罗斯金评论的影响。”[1]而俄

1 【英】约翰·罗斯金：《前拉斐尔主义》，张翔译，上海人民出版社，2008年版，前言，第1页。

国唯美主义文学理论三巨头的理论一方面维护艺术至上，保护并指导纯艺术诗歌创作，如德鲁日宁的《普希金及其文集的最新版本》和《俄国文学果戈理时期的批评以及我们对它的态度》；另一方面又来自众多纯艺术诗歌，是对众多唯美主义诗人纯艺术诗歌的概括、升华，如鲍特金的《论费特的诗歌》，进而支持、鼓励和指导纯艺术诗歌创作。纯艺术诗歌创作则在为纯艺术理论提供了丰富的材料和肥沃的土壤的同时，又以自己的种种艺术创新，进一步推动了纯艺术理论的发展。

俄国唯美主义诗歌在当时就对同时代人产生了巨大的影响，如丘特切夫的诗歌对屠格涅夫和列夫·托尔斯泰的小说创作乃至画家列维坦的创作，尤其是对涅克拉索夫的诗歌创作有较大影响，而其中最为突出、也最有代表性的是丘特切夫和费特的诗歌对尼基京诗歌创作的影响。

俄国纯艺术论则对俄国现代主义文论、俄国形式主义有较大影响。俄国纯艺术论者和象征主义者都反对俄国现实主义文学传统，都以主张艺术自律自足并以“艺术自律”和唯美主义反对功利主义文艺观，都彰显文学创作中的非理性因素。俄国纯艺术论还具有一种理论先声意义——众所周知，20世纪上半叶西方文艺理论的一个主要趋势就是“向内转”，从先前长期受到青睐的“外部研究”转向以文本为核心的“内部研究”。这种研究范式的转变首先是由20世纪初的俄国形式主义学派发起的，其理论建树为西方文本中心论奠定了基石。作为一个以研究文学文本“自律”为主要任务的文艺学派，俄国形式主义并不只是“西欧各国倾向与之相近的同类文艺学现象的简单移植”，它的产生乃是19世纪俄国“审美主义”文艺思潮发展的必然产物。因为从文化发展逻辑来看，早在19世纪中叶，就有一股极力反对俄国批判现实主义传统，高举“唯美主义”旗帜的文艺思潮悄然而兴，它虽不十分强大，有时甚至显得孤掌难鸣，但又绵延不绝，这就是上面提到的俄国纯艺术诗派和纯艺术论者。也正是从19世纪中叶“纯艺术”论与革命民主主义文论之间爆发了那场“旷日持久的争论”起，俄国文论中的“审美之维”开始沿着一条与批判现实主义传统迥然不同的道路走进现代主义阶段。如果说，“纯艺术”论者在俄国语境中首次将文学批评的视角从“外部”拉回到文学本身，那么随后的象征主义者则将前辈“为艺术而艺术”的文艺观扩展为“审美至上”主义。

19世纪俄国唯美主义诗歌对俄国现代主义诗歌和当代诗歌影响很大，其中丘特切夫和费特的影响更是广泛而深刻，他们对俄国现代主义诗歌的影响表现为：第一，描写两重世界，表现生活的辩证哲理；第二，赞美孤独，宣扬遁入内心；第三，对爱情中两性关系的哲理深化与对异化主题的发展；第四，对语言与思想之关系的思考；

第五，对死亡、黑夜的热爱。而苏联当代诗歌对丘诗和费诗的继承与发展，则主要包括：第一，自然诗的继承与开拓；第二，爱情诗与其他诗的承续与发展；第三，挖掘内心，思考生命的哲理。

19世纪西方唯美主义文学的贡献有三。首先，宣扬“为艺术而艺术”，强调艺术的独立与自足，并以大量的创作实践，使艺术获得了非实用性和无功利性的纯粹独立的本质。唯美主义反对文学有任何功利、实用目的，认为艺术不是一种方法，而是一种目的，与政治和道德没有任何关系，从而第一次明确地将文艺从道德的附属品和社会工具的地位上拉出来，使之具有自己独立的品格，成为独立的人文科学门类。从此，文艺由一种“文以载道”的工具或社会、政治的武器转变为真正的艺术品，出现了现代文艺与传统文艺的根本分界，文艺获得了自身的纯粹性与独立性，这对于现代西方文学乃至整个世界文学意义尤其重大。由于强调文艺不再是一种载道的工具，唯美主义与传统文学所高举的真善美统一的标准分道扬镳，突破了只能歌颂善——这一在不同时代与不同阶级中可以说全然不同——的道德标准，而可以描写生活的一切现象，“这样一来问题就滞留在美学的水平上了——丑也是美，即便是兽性和邪恶也会在迷惑人的审美辉光中发出诱人的光芒”[1]，从丑与恶中也可以发掘出美来，这就大大拓展了美的领域，扩大了艺术表现的范围和能力，并对自然主义、象征主义以及现实主义作家福楼拜等产生了较大影响，为现代文学尤其是现代派文学的发展展示了广阔的前景。同时，这种强调艺术自足、独立的观念，也为20世纪西方文学及美学转向文学本体做了理论准备。其次，特别重视形式美的创造，把思想、形式、美当作同一种东西。唯美主义认为，作品的美不仅仅在于其意义，更在于其形式和美本身。虽然，美的本质因获得意义的支持而更强烈，但意义并非美的本质根源。戈蒂耶声称：“我们相信艺术的自主；对我们来说，艺术不是方法，而是目的；凡是不把创造美作为已任的艺术家，在我们看来都不是艺术家；我们从来都不理解将思想和形式相分离……一种美好的形式就是一种美好的思想，因为什么也没有表达的形式会是什么呢？”[2]他把创造形式美放在首位，特别重视创作的质量，在名诗《艺术》中提出“形式愈难驾驭，作品就愈加优美”，把美看作对不成形物质的一种征服，这种征服越是困难，作品的美就越发突出，作品也就越能持久。这

1 【瑞士】荣格：《日神精神与酒神精神》，见荣格：《心理学与文学》，冯川、苏克译，三联书店，1987年版，第237页。

2 郑克鲁：《法国诗歌史》，上海外语教育出版社，1996年版，第171页。

就大大提高了创作的难度，增强了艺术家创作的责任感，进而确立了作家“客观而无动于衷”的创作原则。从此，创作不再是“斗酒诗百篇”式才华横溢的即兴挥洒，而是“意匠惨淡经营中”的呕心沥血，阅读的难度也开始增加，最终引出20世纪“阅读是读者参与再创造的智力活动”的理论。再次，重视艺术活动中感官与知觉的因素。在他们看来：“世界既然是个感觉的世界，那么，形式、色彩、感觉就全是使它们为之存在的人获得完美细腻的快乐的手段。艺术家必须把它们变为艺术，不必有丝毫畏葸踌躇，也不必考虑它们是能让政治家心满意足，还是能取悦宗教教士，或是叫店老板开心解颐。”[1]因此，他们特别注意艺术活动中的感官与知觉的因素，尤其是佩特和王尔德在这方面更是功勋卓著。这也为20世纪艾略特等人提出“思想知觉化”（“像闻到玫瑰花的香味一样感知思想”）及现代派文学重视以各种感官与知觉的东西（如通感手法等）开了先河。

俄国唯美主义文学除了具有上述三个特点外，还另有贡献。俄国纯艺术论充分捍卫了艺术的独立性，有力地纠正了车尔尼雪夫斯基、杜勃罗留波夫等革命民主主义者把文学变成政治宣传的工具的偏颇，并且把文学对

---

1 【英】威廉·冈特：《美的历险》，肖聿译，江苏教育出版社，2005年版，第9—10页。

社会现实问题的过分关注转移到对永恒题材和永恒问题的关注上，更符合时代的长远发展和人性的真实，意义重大。俄国纯艺术诗歌的贡献在俄国文学史上更多，大约表现为：

第一，使大自然在俄国诗歌乃至文学中占据独特地位。纯艺术派诗人在俄国诗歌史，同时也在俄国文学史上，最早使自然作为独特的形象，在文学中占据主要的地位，并使之与哲学结合起来。在此之前，俄国文学中还没有谁如此亲近自然，理解自然，让自然蕴含着深刻的思想与丰富的情感。杰尔查文、卡拉姆津还只是发现俄罗斯自然的美，开始在诗歌中较多地描写。普希金主要把自然当作纯风景来欣赏，其《冬天的早晨》《风景》《雪崩》《高加索》《冬晚》等描写自然的名诗莫不如此。茹科夫斯基虽在自然中作朦胧的幻想与哲理思考，但往往只是触景生情，更未想到过让自然与哲学结合起来。莱蒙托夫的自然与普希金、茹科夫斯基近似。只有在纯艺术派诗人，尤其是丘特切夫、费特、迈科夫等人这里，自然才拥有自己独特的地位，而且，他们与自然的关系也达到了很高的境界："他的生命和大自然浑然一体：/他懂得小溪的淙淙声响，/他明白树叶的绵绵细语，/并感知到小草的拔节生长；/天空的星星之书他一目了然，/大海的波涛也和他倾心交谈。"因此，皮加列夫指出："丘特切夫首先是作为自然的歌手为读者所认识的。这种看法说明，他是让自然形象在创作中占有独特地位的第一个俄国诗人。”[1]马尔夏克宣称：“费特能够聪颖、直接、敏锐地领悟自然界的奥妙”，“费特的抒情诗已进入了俄国的大自然，成为它不可分割的一部分。”[2]

第二，多角度、全方位地描写了爱情，有些还有相当的现代感。纯艺术派诗人由于每人独特的爱情经历，都大量地创作爱情诗，这些爱情诗多角度、全方位地描写了爱情，如费特的爱情诗几乎描写了爱之旅的各个环节，而丘特切夫的爱情诗更是具有相当的现代感，他突破了一般关于爱情的心理表现，而挖掘到某种独特的、深层的、较为现代的感情——从爱情的快乐、幸福中看到不幸、痛苦，从两颗心灵的亲近中看到彼此的敌对：“两颗心注定的双双比翼，就和……致命的决斗差不多”（《命数》），并发现在爱情中“有两种力量——两种宿命的力量”，一种是死，一种是人的法庭（《两种力量》）；一种是自杀，另一种是爱情（《孪生子》）；一种是幸福，另一种是绝望（《最后的爱情》）。在这方面，丘特切夫超过了同时代或稍后所有歌颂、表现爱情的诗人、作家，对人性中的爱情心理层次、爱的奥秘、生命的悲剧作了

1 *Пигарев К.* Жизнь и творчество Тютчева, М., 1962, с.203.

2 徐稚芳：《俄罗斯诗歌史》，北京大学出版社，1989年版，第289—290页。

更新、更深、更现代、更富哲理的开拓。半个世纪后，英国的劳伦斯才深入这一领域，做出了类似于诗人的探索（主要体现于其著名长篇小说《彩虹》《恋爱中的妇女》等中）。

第三，在俄国诗歌中完善、深化了哲理抒情诗，并较早在俄国文学中探讨了异化问题。纯艺术派诗人把俄国的哲理诗发展为哲理抒情诗，并把独特的形象（自然）、丰富的情感、瞬间的境界乃至深邃的哲理等完美地结合起来，使之达到炉火纯青的艺术境界，奠定了俄国文学中哲理抒情诗的坚实基础。在此之前，波洛茨基、罗蒙诺索夫等创作的是诗味不浓的哲理诗，杰尔查文则创作了不少哲理诗，别林斯基对之评价颇高："在杰尔查文的讽刺的颂诗中，显露出了一个俄罗斯智慧人物的有实际意义的哲理，因此，这些颂诗的主要特质就是人民性。"[1]但杰尔查文或重在理趣："人们捉住了一只歌声嘹亮的小鸟，/并且用手紧紧地按住它的胸膛，/可怜的小鸟无法歌唱，只能吱吱哀叫，/而他们却喋喋不休地对它说：/'唱吧，小鸟儿，快快歌唱。'"[2]或与讽刺性结合，具有强烈的政治性，已成政治讽刺诗。当然，杰尔查文

1　易漱泉、王远泽、张铁夫等著《俄国文学史》，湖南文艺出版社，1986年版，第58页。

2　易漱泉、王远泽，张铁夫等著《俄国文学史》，湖南文艺出版社，1986年版，第53页。

的《午宴邀请》等诗已初步具备哲理抒情诗的特点，但毕竟为数甚少。此后，茹科夫斯基、普希金、莱蒙托夫等也写过一些哲理诗，或触景生情，如茹氏之《乡村墓地》《黄昏》，或对某物直表哲理，如普希金的《诗人与群众》《先知》，莱蒙托夫的《沉思》《惶恐地瞻望着未来的一切》。巴拉丁斯基在哀歌中注入理性思索和心理探寻，思考时代与个人、生与死、个人与永恒等哲理问题。迈科夫、波隆斯基、阿·康·托尔斯泰都创作了一些颇为成熟的哲理抒情诗，费特晚年在翻译了叔本华的《作为意志与表象的世界》之后，更是写作了大量的哲理抒情诗，其中不少达到了炉火纯青的境界。而丘特切夫更是把抒情、哲学、自然完美地结合起来，并以瞬间的境界、短小精练的形式，巧妙地表达出来，对人、自然、心灵、生命等本质问题做长期、系统的哲学探索，从而形成一种独特的哲理抒情诗，并且对费特及不少诗人影响很大。因此，陀思妥耶夫斯基称丘特切夫为“俄国第一个哲理诗人，除普希金而外，没有人能和他并列”。值得一提的是，丘特切夫还率先从异化的高度，深刻、全面地探讨了个性与社会的矛盾，并最早对人类命运之谜进行了颇为现代的探索，既看到社会对个性的压抑、限制、异化甚至扼杀，又看到脱离群众的个人主义的自由、个性的极端解放是虚幻的自由。从而，既富有哲学的深度，又颇具现代色彩。[1]别尔科夫斯基指出，在这方面，他比托尔斯泰和陀思妥耶夫斯基早了四分之一世纪[2]。

第四，一些独特的艺术手法。纯艺术派诗人一些独创的艺术手法，如对喻、象征、多层次结构及通感手法，意象并置、画面组接手法等，都是对俄国诗歌的新的贡献，并且对俄国诗歌和俄国文学的发展产生了颇大的影响。

因此，19世纪俄国唯美主义文学以自己的文学实绩和开拓及其深远的影响，在俄国文学史上占据了一席不可替代、不容忽视的重要地位。

---

1 曾思艺：《丘特切夫诗歌研究》，人民出版社，2012年版，第48—52页。

2 *Берковский Н. Я.* Ф.И.Тютчев. //*Тютчев Ф.И.*стихотворения, М.—Л., 1962, с.42—44.

目录

Оглавление

黑夜和白昼

　　对于我，黑夜是多么亲切，在幽幽黑暗中，
我臂弯里的你欣喜若狂，醉意醺醺，
柔情脉脉地把火热的面颊向我挨拢，
　　用你的樱唇寻找着我的嘴唇！

而我，随兴所至地用手抚摩
你的酥胸，令它甜蜜地起伏激动；
但白天你却扑进我的怀里，只想掩躲
　　阵阵热吻中双颊的火红——

我觉得白天更为亲切……

1840年

小燕子

我喜欢凝神观看，
小燕子向上飘然飞旋，
或者像一支羽箭，
疾掠过壕堑。

这恰似青春活力！
总渴望飞上天庭，
大地无比美丽——
千万别和她离分！

1840年

瀑　布

仿佛死去的泰坦巨神，
那边，灰白的花岗岩
在爬满青苔的
重重峭壁之间，
环绕，铺展，
围锁着一个深渊；
但那轰隆的水流，
从黑黢黢的岸边
越过障碍，
奔向无限，
飞沫嗞嗞，
珍珠四溅。

看吧，丝丝细流，
疾飞如箭，
奔向沸腾的深渊，
一股急流，
从明净的浅滩，
把它们抛向

那尖利的石岩。——
一闪即逝！——的确如此！
进入黑漆漆的深渊，
一去不返。

快，快盯住
那股急流的水。
在那边，在远处，
它多么柔和明媚，
仿佛是蓝天
想透过它，
来欣赏自己的美。

看吧，那股细流，
投身于冷森森的深渊，
失去了踪影，
又是水平如镜，
永恒的雾气里，
笼罩着一片宁静。

1840年

致云雀

无论白昼杲杲，还是夜色迷茫，
抑或清晨红霞初升，
你总是神秘地歌唱，
在我的上空。

我久久地凝神细听，
这天空洒下的歌声，
仿佛这阵阵歌声，
并非你唱给我听。

1840年

傍晚的钟声
——纪念科兹洛夫[1]

那是幻想还是梦境，
我听见了傍晚的钟声；
而在山脚下，河岸上，
挺立着一幢乡村的住房，
沉重的思绪波翻浪卷，
压抑心情，使人痛苦不堪。

空荡荡的住房！你的主人在哪里？

1 指伊万·伊万诺维奇·科兹洛夫（1779—1840），俄国盲诗人，著名诗人茹科夫斯基（1783—1852）的学生和继承者，诗歌真挚、朴实而又流畅、优美，富有音乐性，1827年他曾把爱尔兰诗人托马斯·穆尔（1779—1852）的诗歌《傍晚的钟声》意译后献给朋友魏德迈（？—1863），很快就流行开来，成为著名的俄罗斯民歌。科兹洛夫这首诗如下："傍晚的钟声，傍晚的钟声！/它引发思绪滚滚如潮涌：/那留在故乡的少年时光，/我的初恋，我的故园，/当我辞别故乡外出远行，/在那里最后一次听这钟声！//远逝了，我迷人的青春时期/那些阳光灿烂的日子！/多少年轻、快乐的亲友，/现在已不在世上存留！/他们在坟墓里沉沉入梦，/再也听不见这傍晚的钟声。//我也将埋骨于潮湿的大地！/风儿将把你那悲凄的乐曲，/从我身上远送到谷地，/另一个歌手将循声而至，/当然不是我，而是另一个人，/他沉思地歌唱傍晚的钟声！"（曾思艺译）

唉，盲诗人没有忘记
自己亲爱的故乡，
他的思念甜蜜而响亮。
他睡了：傍晚的钟声
也无法唤醒他的沉沉大梦。

啊，人世疾苦的歌手，
你将在人们的心中永留！——
我如此推想，——就在我头顶，
空空茫茫的无边太空
传来充满忧伤的呻吟，
而我开口唱起《傍晚的歌声》。

1840年

我知道，你这小孩儿……

我知道，你这小孩儿
在溶溶月色里毫无惧意；
清晨，在皑皑雪地里我看见
你那小小皮靴的清晰印记。

是的，在融融的月光下，
夜色清寒，静谧，明亮；
是的，我的朋友，难怪你
不由得离开睡梦温馨的小床。

皎皎月夜，到处宝石闪耀——
宝石灿灿，在幽幽蓝天，
宝石灿灿，在片片树丛，
宝石灿灿，在莽莽雪原。

但我担心，我亲爱的朋友，
夜神可别陡降狂风，
把你开辟的那条小路，
用风雪掩埋得无影无踪！

1842年

一棵忧郁的白桦……

一棵忧郁的白桦，
在我的窗前伫立，
严寒梦笔生花，
装扮她分外美丽。

仿佛葡萄嘟噜，
枝梢垂挂轻匀，
全身如雪丧服，
让人悦目欢欣。

我爱看那霞光，
在她身上嬉戏，
真怕鸟儿飞降，
抖落这枝头俏丽。

1842 年

这奇美的画面……

这奇美的画面，
对于我多么亲切：
白茫茫的平原，
圆溜溜的皓月；

高天荧荧的辉耀，
闪闪发光的白雪，
远处那一辆雪橇，
孤零零地奔跃。

1842年

暖洋洋的风儿阵阵轻拂……

暖洋洋的风儿阵阵轻拂，
　　远处的喧哗早已停息，
灰蒙蒙的田野已经睡熟，
　　牧人也已沉入梦里。

栅栏里一头头犍牛
　　躺着在慢慢反刍，
稠密的繁星微光幽幽，
　　闪烁在昏黑的天幕。

只有金色的月轮，
　　在天空越升越高地浮游，
只有小小的畜群
　　在躲避看守的狗。

飘浮不定的片片云叶，
　　投下稀稀疏疏的阴影……
纹丝不动的沉默夜色
　　仿如白昼一般清明。

1842年

夜空中的风暴……[1]

夜空中的风暴，
愤怒大海的咆哮——
大海的喧嚣和思考，
绵绵无尽的忧思——
大海的喧嚣和思考，
一浪更比一浪高的思考——
层层紧随的乌云……
愤怒大海的咆哮。

1842年

---

1 俄国著名形式主义理论家托马舍夫斯基（1866—1939）在其《主题》一文中认为："词汇的排偶有时能做出巧夺天工的组合。例如，费特的（《夜空中的风暴……》）就完全是以排偶建构的。"详见：【俄】什克洛夫斯基等著《俄国形式主义文论选》，方珊等译，三联书店，1989年，第181页。

繁　星

为什么天空中纷纭的繁星，
排列成行，静止如棋，
是因为它们相互尊敬，
而不是彼此倾轧、攻击。

有时一颗火星化作一溜白光，
向另一颗星疾飞猛冲，
你便马上知道它即将消亡：
它已变成陨石——流星！

1842年

我喜爱许多合心合意的事物……

我喜爱许多合心合意的事物，
只是很少有这样的感觉……

我最喜欢在河湾里顺水泛舟，
就这样——忘乎所以，
听着滋滋作响的水花打湿的桨叶
所发出的响亮动听的韵律，——
再看一看，离岸多远，
前路还有几许，
能否看见远方的火光熠熠……

在一个个水渚沙洲，
那里偶或有迟归的渔火
在闪闪烁烁，
我更喜欢其中的一个……
红眼睛的野兔
更是令我着魔；
每年春天，高傲的天鹅

伸长脖颈在这一带翱翔，
有时飞速一闪，
在平静的水面降落。

在高高的悬崖峭壁上，
长着一棵枝繁叶茂的橡树，
青枝绿叶随风摇晃。
多年来那里栖息着一只夜莺！
每当晨曦初露，它就开始歌唱，
甚至深更半夜，当
月亮用柔和如梦的清光，
把水波和树叶镀成银白，
它也不停止歌唱，
而且歌声越发嘹亮。

那时，多少奇思妙想
呼啦涌进我的心房，
这是什么——现实还是梦境？
我是幸福，抑或只是受骗上当？

没有回答……
粼粼细浪在和船尾窃窃诉说，

船桨一动不动，
明澈的天空中启明星高高闪烁。

1842年

我的上帝，我愿奉献那许许多多的日子……[1]

我的上帝，我愿奉献那许许多多的日子，
以便和她静静地度过这北方的夜晚，
以便用我的目光向她表达一切心思，
哪怕只有一个傍晚能邀她做伴。

让百合般白嫩的纤手放在我头上，
漫不经心地插入发间，把它们轻轻撩抚，
让烦恼忧虑都从我身边高飞远扬，
让我的心灵听从那唯一的幸福。

让她的眼里溢出一星泪珠，
对此我翻来覆去不断寻思——

1　俄国学者苏霍京在其著作《费特与叶莲娜·拉兹契》中认为这首诗是“拉兹契组诗”之一（详见：【俄】苏霍京：《费特与叶莲娜·拉兹契》，别尔格拉德，1933年版，第26页），应该是错误的。因为费特1844年才从大学毕业，1845年进入军队，1848年才和拉兹契相爱，不可能在根本没认识拉兹契的情况下，为她写情诗。因此，本诗是费特早年为另一个至今大家还不知道的恋人“她”而写的。

让我的心灵对这一切都加以回复——
而这一切，是上帝已给她的赏赐。

1842年

北方的早晨……

北方的早晨——萎靡不振，神色暗淡，
懒洋洋地把小小窗洞映亮；
炉里的火噼啪作响——灰烟像挂毯，
在带马头的屋脊上空静静弥漫。
忙碌的公鸡，在大路上不停地刨土掘翻，
引颈歌唱……长胡子爷爷站在门槛旁，
呼哧呼哧喘着气，画着十字，抓住门环，
白色棉絮般的雪花一片片飞向他的脸庞。
正午降临。上帝啊，我多么爱看
车夫驾驶快速三套马车向前飞闯，
直到不见踪影……我似乎听见
马铃儿在一片寂静里久久萦响。

1842年

猫儿眯缝着眼睛……

猫儿眯缝着眼睛，在咪咪歌唱，
小男孩蜷在地毯上打着瞌睡，
风暴在田野里呼呼作响，
狂风在屋外哗哗劲吹。

“这样躺着，实在懒散，
快快起来，收好玩具！
过来向我道一声晚安，
然后回房间上床休息。”

小男孩站了起来。猫儿继续歌唱，
用眼睛把他向前引导，
雪花纷纷飘打在窗上，
风暴在大门外阵阵呼啸。

1842 年

白霜浓浓遮盖住紫貂皮大衣……

白霜浓浓遮盖住紫貂皮大衣，
你的小脸颊却热得那样红扑扑，
从你的鼻孔里呼出的气息，
转眼就化作一片蒙蒙白雾。

十六岁的满头茁茂秀发，
因受惩罚已变成一片银白……
我们滑够了冰，该回家了吧？——
家里光明和温暖在静静等待——

也可以继续情话绵绵，
卿卿我我一直到黎明……
而严寒将在窗玻璃上，
再次描画出奇妙的花纹……

1842年

请相信我……

请相信我：怀着隐秘的希望，
我在诗句中寄托了满腔情意；
也许，我偶然表达的愿望，
使那些诗句获得了意义。

恰似那黑云沉沉的秋天时刻，
树木骤遭暴风雨摧残，
飘飞空中的一片暗淡落叶，
它那忧伤的簌簌声会吸引你的目光。

1842年

在夜间盈盈的月光下……

在夜间盈盈的月光下，在阳光灿烂的白天，
在香馥馥的扁桃花洒落如雨的地方，
从骏马的马背上，隔着花园的篱笆，
我看见你和你那雪白的面纱；
伴着夜莺的悠悠歌声，喷泉的哗哗喷洒，
我远远听见你在弹奏吉他……
白天，黑夜，我还将透过篱笆窥探——
你那白雪般的面纱是否还会在花园里闪现？

1842 年

在那十字路口……

在那十字路口，一株爆竹柳
　　亭亭玉立，昏昏欲睡……
破旧的小门，在篱笆后
　　吱吱呀呀，响声轻微。

有个人偷偷躲在一旁，
　　雪橇在急急飞驰——
问题像铃儿叮当作响：
　　“你叫什么名字？”

1842年

我的温迪娜[1]

她很顽皮，
像条小鱼；
温言软语，
应变随机，
谈吐不凡，
妙语连珠。
好似清泉，
一新耳目……
她比喷泉
还要晶莹，
她比雾岚
更为朦胧；
有点儿使坏，
有几分醋意……
但人见人爱，
这真是稀奇。

1842年

1　温迪娜是中世纪童话及诗中的水神，其形象为一美妇人，常用悦耳的歌声把人引入水底。

我的朋友，语言苍白无力……

我的朋友，语言苍白无力，只有亲吻万能……
真的，在你的日记里，我快乐地探究
思想和感情的潮涨潮落是如何妨碍
你的小手把各种各样的心事在纸上存留；
真的，我写诗只是听从女神的指令，——
尽管我有许多韵脚，许多鲜活的节奏，
但我更喜爱那相互热吻的韵律，
和嘴唇柔情的停顿，爱情自由的节奏。

1842年

你好，夜！……

你好，夜！我一千次向你致意！
我是多么多么爱你！
你静谧，温暖，
到处银光灿灿！
我吹熄蜡烛，轻悄悄地走近窗前……
谁也看不见我，我却什么都能看见……
我在等待，我坚定地等待，
篱笆门吱呀一声被人打开，
花儿摇曳着，散发出越来越浓的芳香，
你的披肩在月华里久久、久久地闪着微光。

1842年

在树林中，在荒野里……

在树林中，在荒野里，
午夜的暴风雪吵吵嚷嚷，
我和她坐着，相互偎依，
枯枝在火焰里吱吱作响。

我们两人的巨大身影，
躺卧在红红的地板，
我们心中迸不出一星激情，
没有什么能驱散这一份黑暗！

屋外，白桦林在哗哗啦啦，
乌青的云杉枝啪啪爆响……
哦，我的朋友，你怎么啦？
我早已知道，我是何症状！

1842年

是否很久了……

是否很久了，我和她满大厅起舞如风，
在那魔幻般的音乐声中？
她那细柔的小手暖融融，
那眼睛的星星也暖融融。

昨晚，送葬的哀乐一次次轰鸣，
没上顶盖的棺材触目惊心；
双眼紧闭，一动不动，
她已在锦缎下大梦沉沉。

我也已沉睡……在我的床铺上空，
一轮皓月，死人一般，
我和她在奇妙的音乐声中，
满大厅舞姿翩翩。

1842年

静谧的夜，繁星璀璨……

静谧的夜，繁星璀璨，
圆月高照，忽明忽暗，
美丽的双唇，蜜一样甜，
静谧的夜，繁星璀璨。

我的朋友！今夜月色清莹，
我怎样才能消除忧烦？……
你晶莹亮丽，仿如爱情，
静谧的夜，繁星璀璨。

我的朋友，我爱繁星，
但我无法消除心中的忧烦……
你比那繁星还要迷人，
静谧的夜，繁星璀璨。

1842年

我等待着……

我等待着……从波光粼粼的河上，
夜莺的歌声阵阵回荡，随风散播，
月色溶溶，青草似钻石闪着幽光，
荷兰芹丛中燃起了点点萤火。

我等待着……深蓝的天空中，
大大小小的繁星灿若银河，
我听见自己心跳怦怦，
也听见手和脚在哆哆嗦嗦。

我等待着……南方微风轻吹，
无论走或停，我都深感暖意融融，
一颗亮星，在渐渐西坠，
再见吧，再见，啊，金星！

1842年

熠熠霞光中你不要把她惊醒……[1]

熠熠霞光中你不要把她惊醒，
霞光熠熠里她睡得那样香甜，
袅袅晨曦在她的酥胸上飘萦，
又在她两颊的酒窝燃烧成红艳。

她的睡枕热烘烘，
慵倦的梦也热烘烘，
秀发似丝带飘动，
乌黑闪亮，把双肩轻笼。

昨天夜间，在这窗前，
她坐到很晚，很晚，
凝望着云彩的千般变幻，

1　这首诗被俄国著名作曲家亚历山大·瓦尔拉莫夫（1801—1848）谱曲后，曾一度在俄国十分流行，以致1850年著名文学评论家阿波罗·阿列克山德罗维奇·格里戈利耶夫（1822—1864）在《祖国纪事》杂志上发文称其“几乎已成为民歌”。这也是费特最早被谱成曲的一首诗。

看明月飘然滑行云海之间。

当明月越发银光灿烂，
当夜莺的歌声越发嘹亮，
她的脸色更苍白凄惨，
心儿也更痛苦地剧烈跳荡。

此刻晨曦在她青春的胸间飘萦，
又把她的双颊燃烧成两朵红艳，
你不要把她惊醒，千万不要惊醒……
熠熠霞光中她睡得那样香甜！

1842年

当我亲吻你那卷曲秀美的发丝……

当我亲吻你卷曲秀美的发丝，
把火热的气息喷向你的酥胸——
你为何要提及另一个少女？
又为何不敢直视我的眼睛？

虽然黄昏已经临近，但你无须惊慌！
为了御寒我会用大衣把你紧裹——
云雾没有遮月，即便是满天繁星，
可我和你也只紧盯其中的一颗。

即使你不相信……即使你只有一瞬相信，
你也该懂得这目光、这战栗和这私语，
快让火热的吻把猜疑烧成灰烬，
嫉妒的姑娘，请把我紧抱在怀里！

1842年

松林里黑蒙蒙的……

松林里黑蒙蒙的，即使有月亮
透过长长的树枝洒下盈盈银光。
一会儿清醒，一会儿进入梦乡，
一会儿水磨喧响，一会儿夜莺欢唱，

一会儿是晚风无声的亲吻，
一会儿是二叶舌唇兰[1]的浓香，
一会儿是寒冷远方的闪光，
一会儿是午夜旋风的怒号山响，

我打着瞌睡，甜蜜又忧郁，
噩梦摧毁了我的希望。
我的天使，我远方的天使，
为何我爱得如此魂惊魄荡？

1842年

1　一种兰科植物，高30—50厘米，生于海拔400—3300米的山坡林下或草丛中。

没完没了地空谈崇高和优美我深感乏味……

没完没了地空谈崇高和优美我深感乏味，
所有这些闲扯只会使得我哈欠连连……
我撇下这些书呆子，我的朋友，跑来与你聊上一会儿；
我知道，你这乌溜溜的聪慧眼睛里，
美好的东西多于千千万万部鸿篇巨制，
我知道，我能从你红嘟嘟的芳唇吸取生活的甘甜。
只有蜜蜂尝得到鲜花中深藏的甜蜜，
只有艺术家能从万有中感悟美的踪迹。

1842年

请不要离开我……[1]

请不要离开我，
我的朋友，和我在一起！
请不要离开我，
和你在一起，我快乐无比！

我们应更加心心相印，——
我们总不能两心如一，
我俩的相爱相亲，
总不能更纯真，更动人，更深挚！

哪怕你在我面前静立，
头儿低垂，愁眉深锁，
和你在一起，我仍然快乐无比，
请不要离开我！

1842 年

---

1 1842 年，瓦尔拉莫夫根据本诗写的浪漫曲曾广为流传。后来，柴可夫斯基（1840—1893）又根据此诗写成另一首浪漫曲。

圣　母

我不抱怨世间道路艰难，
我根本不理睬狂暴的无知之人；
我只想把另一种声音尽情欣赏，
我一心只聆听希望的声音，

自从拉斐尔[1]在我面前
描绘出这张神圣的脸庞，
低垂的眼睑，圣洁的目光，
以及朴素而单薄的服装，

圣母怀里抱着一个婴儿，
他前额发亮，满脸欣喜，
朝着俯下身来的母亲笑意盈盈。

1　拉斐尔·圣齐奥（1483—1520），意大利著名画家、建筑师，与列奥那多·达·芬奇和米开朗琪罗合称文艺复兴“艺术三杰”。其所画圣母像相当有名，最具代表的是《西斯廷圣母》，本诗写的就是这幅名画。俄国大作家陀思妥耶夫斯基（1821—1881）也十分喜欢这幅画，其卧室的床头总是挂着它。

啊，这颗心已彻底静谧！
我圣洁的圣母，我的上帝，
赐给我多少神圣的启迪与欢欣！

1842年

天空中飞飘着团团乌云……

天空中飞飘着团团乌云，
绿叶上闪烁着颗颗珠泪，
没有雨水，玫瑰多么伤心，
而现在朵朵玫瑰笑开花蕾。

雷雨后空气格外新鲜，
人们也呼吸得更加纯净，
在湿漉漉的睫毛下面，
窒闷的心胸倏然轻松。

大自然浑身珠光闪闪，
她的盛装更加绿意盈盈，
天上的长虹七彩斑斓，
人们的心头又燃起憧憬。

1843年

我静静地久久伫立……

我静静地久久伫立，
凝望着远空的星星，——
冥冥之中在我和星星之间，
某种联系悄悄萌生。

我沉思……但不知沉思什么；
我聆听着神秘的合唱歌声，
星星们在轻轻轻轻地颤烁，
从那时起我就迷恋上星星……

1843 年

远　方

远方腾起一片灰尘，
好似波浪起伏的流云；
是骑者还是行人，
尘雾里无从区分。

我看见一个骑手，
策着烈马向前飞奔，
朋友啊，远方的朋友，
请把我牢记在心！

1843 年

当冬日的天空点燃繁星……

当冬日的天空点燃繁星，
　　银月闪耀着如梦的柔光，
我眼前滑过你那天仙般的身影，
　　仿佛光明铸就的你的形象。

圣洁而轻盈，你向远方疾驰……
　　我凝神观望，以捕捉一丝踪影。
你圣洁而轻盈——但毫无形迹；
　　只有爱情充满我的心胸。

飞呀，向你的美展翅飞来——
　　一任繁星在夜空熊熊燃烧，
这更亮丽、更迅速的浩浩光海，
　　也在把你这沧海一粟仿效。

1843年

我带着祝福来把你探望……

我带着祝福来把你探望，
告诉你旭日已经升起，
它那暖洋洋的金光，
在一片片绿叶上嬉戏。

告诉你森林已经苏醒，
浑身焕发着初醒的活力，
百柯齐颤，万鸟欢腾，
一切都洋溢着盎然的春意。

告诉你，我又来到这里，
满怀昨天一样的深情，
心魂依旧在幸福里沉迷，
随时准备向你奉献至诚。

告诉你，无论我在什么处所，
欢乐总从四方向我飘然吹拂，
我还不知道应歌唱什么——

可歌儿早已从心底里飞出。[1]

1843 年

1 高尔基在《列夫·托尔斯泰》一文中写道，托尔斯泰曾谈道："真正的诗是朴素的；当费特写出：

我还不知道应歌唱什么——
可歌儿早已从心底里飞出。

的时候，他已经表示出了诗歌中真正的民间感情。农夫也并不知道自己要唱些什么，可是只要他啊咦，哎咦地哼那么几声，一首真正的歌曲就唱出来了，这是从灵魂中发出来的声音，就像小鸟唱歌一样。"

通体蓬茸茸的柳树干……[1]

通体蓬茸茸的柳树干，
　　繁枝茂叶伸向四方；
芳香馥郁的春天，
　　张开翅膀，轻轻飞翔。

一片片云彩暖意融融，
　　鸟群般四处游荡，
一个个迷人的美梦，
　　又一次涌入我的心房。

到处是五彩缤纷的美景，
　　真叫人目不暇接；
人们过节般群群聚集，喜气盈盈，
　　欢声笑语不绝。

1　托尔斯泰的长子谢尔盖·利沃维奇·托尔斯泰（1863—1947）在关于父亲列夫·托尔斯泰（1828—1910）的回忆录《往事随笔》中谈到，托尔斯泰十分赞赏这首诗，特别喜欢“人们过节般群群聚集，喜气盈盈，/欢声笑语不绝”这两句。

说不出的神秘渴欲
　燃烧成一个美梦——
恼人的春思
　掠过每一颗心灵。

1844年

就像蚊蚋迷恋黄昏……

就像蚊蚋迷恋黄昏，
嗡嗡飞舞着，云集一团，
这颗心又怎忍
离弃那可爱的幻想。

可那灵感的鲜花
正在日常的荆棘丛中悲伤，
仿佛傍晚的反照余霞，
往日的追求已远在天边。

但对于过去的回忆，
仍不安地时常溜进心窝……
哦，假如无须言辞，
而只用心灵诉说！

1844年

小夜曲[1]

暮色渐渐苍茫，
　　山岭镀上金晖，
炎热的空气开始凉爽，
　　睡吧，我的宝贝。

夜莺早已歌唱，
　　到处暮霭纷飞，
琴弦轻轻地铮铮奏响，
　　睡吧，我的宝贝。

天使们目光悠悠，
　　闪烁一片清辉，
夜的呼吸这样轻柔，
　　睡吧，我的宝贝。

1844年

---

1 这首诗发表不久就被俄国作曲家彼得·彼得洛维奇·布拉霍夫（1822—1885）谱成广为流传的抒情曲，后来里姆斯基·科萨科夫（1844—1908）又为它谱曲。

在瓜达尔基维尔河[1]的河面……

在瓜达尔基维尔河的河面，
月光流泻成一条长长的白练，
微风用看不见的嘴，缓缓
把河面吹成一片片闪光的鳞片……

一切都已沉睡……漆黑的窗户中，
只是偶尔闪过转瞬即逝的白光，
还有远处传来的悠悠吉他声，
打破了夜间静寂寂的黑暗，

还有一颗星星在渺渺高天，
飞划出一道弧线……
在瓜达尔基维尔河的河面，
月光流泻成一条长长的白练。

1844年

---

1 在西班牙安达卢西亚自治区，全长657公里，是西班牙境内唯一能够通航的大河。

啊，在神秘深夜的漫漫静谧里……[1]

啊，在神秘深夜的漫漫静谧里，
我尽力驱除又重新唤回那些记忆：
你狡黠地细语着，蓦然回眸一笑，
用纤指梳理着细柔柔秀发的发梢；
我呼吸急促，孤身一人，没被任何人看见，
深深苦恼和无尽羞愧烧红了我的脸，
我细细琢磨你说过的那些话语，
一心想寻找出哪怕一丁点儿神秘的暗示；
和你交谈时我因为羞窘而词不达意，
现在我悄声细语，纠正过去错误的语词，
沉醉于幸福的回忆，我冲破理智的阻拦，
喊出珍藏心底的名字，来驱散夜的黑暗。

1844年

---

1 这首诗发表后就得到很高的评价。俄国著名文艺批评家德鲁日宁（1824—1864）认为，“即使这首诗署上普希金的名字，也不会引起任何读者的惊讶”。俄国另一著名文学评论家鲍特金（1812—1869）则称其为“一首优美绝伦的诗，用简练、鲜明、清晰而又飘逸的笔触表达了一种最复杂的、不可捉摸的内心感受”。俄国著名作曲家拉赫玛尼诺夫（1873—1943）曾把它谱成著名的抒情曲。

透过树枝，春日的天空……

透过树枝，春日的天空
偶然映入我的眼帘，
一片金灿灿的云影
在波光粼粼的麦伊河上蔓延。

远处一粒孤独的火星，
在幽暗的椴树下闪熠，
静止的小提琴的心灵
充满了残酷的秘密。

伴随着陌生人群的喧嚷，
那些音响对于我更明白易解：
它们以一种奇异的力量，
使我忆起心灵亲近的一切。

朝着逝去的忧伤和快乐，
复活的记忆迅飞疾驰，
心灵时而呆滞，时而活跃，
为了每一个疯狂的梦呓。

但忧郁的秘密在瞬间
以魔幻的队列一闪即逝，
在静静流淌的麦伊河面，
新月荡漾成一条银色的带子。

1844年8月

我们驾舟飞驶……

我们驾舟飞驶，
河水在船尾回旋，
《诺尔玛》[1]的美妙乐曲，
远远地沿河飘传。

银河在水里倒影——
快乐的一年里快乐的节日！
我荡桨加快行程——
月亮也紧随我奔驰。

河水回旋，歌声悠扬，
回声在远处回应，
《诺尔玛》乐曲轻轻荡漾，
又沿河播散在风中。

1844年

1 意大利著名浪漫主义歌剧作曲家文森佐·贝里尼（1801—1835）的歌剧代表作，其作品有两大特点：美妙的旋律与高难度的美声唱段。

当我幻想回到往昔的良辰……[1]

当我幻想回到往昔的良辰，
在迷蒙的烟雾中又寻到你，
我将甜蜜地哭泣，就像第一个犹太人
　　终于抵达神赐的福地[2]。

我并不惋惜童年的游戏，恬静的美梦，
梦中因为你而如此甜蜜又如此伤悲，
在那些日子，从那无尽的情感风暴中，
　　我充分体会了初恋的滋味。

我们手儿紧握，眼里光彩熠熠，

1　俄国著名象征主义诗人勃洛克（1880—1921）十分喜欢这首诗，其第一本诗集就用本诗中的句子，取名为《往昔的良辰》，诗人在序言中说明："这本诗集的名称取自费特的诗句，有一个时期我曾把费特的诗作为自己的引路星。"

2　指迦南（今巴勒斯坦一带）。据《圣经·旧约·出埃及记》记载，犹太人为了摆脱埃及人的奴役，在上帝的指示下，在摩西的带领下，逃出埃及，到流着奶和蜜的乐土迦南去。

时而声声叹息，时而喜笑盈盈，
嘴里尽是些无关紧要的傻言傻语，
　　但我们四周响彻着激情的回声。

1844年

在渴望的普遍游戏中……

在渴望的普遍游戏中，
泛起乏人的寂寞的微笑……
你们，圆润又甜美的乐声，
我已好久不曾听到！

为什么由于消融的小提琴，
胸膛里倏然心跳加剧，
仿佛面对熟悉的浅笑盈盈，
往事突然露出微微的笑意？

就这样慵倦，就这样忧伤而散漫，
把人带进一个五彩缤纷的世界，
就这样感人肺腑地乞求连连，
就这样温柔地对心灵表示亲热？

1844年

温煦的风儿轻轻吹动……

温煦的风儿轻轻吹动，
草原盈溢着勃勃生机，
山岗处处绿意盈盈，
像一条流动的链子。

通往故乡的大道，
蜿蜒穿过山岗，
像灰黑的长蛇一条，
游向白雾茫茫的远方。

春鸟们快乐无涯，
一群群直飞云天，
又从高空洒下
一阵阵娇鸣婉转。

1845年

空中之城

天边那彩云的合唱
被熠熠红霞拉得长长：
空中矗立着楼阁和高墙，
还有一个个金顶的教堂。

那就像我白雪雪的城市，
我熟悉的城市，亲爱的故乡，
在玫瑰色的高空巍然屹立，
乌油油的大地睡意正酣。

这一整座空中之城，
正轻轻飘移，朝着北方……
仿佛那边有人在用手招引——
可我没有翅膀无法飞翔！

1846年

南方的春天

夜间的圆月，一片银光，
雪白的云彩在天空浮游，
白天，一月的太阳闪闪发亮，
温煦而亮丽地照进窗口。

丁香枝头新叶茸茸，
兴高采烈于白昼的欣喜。
春天的倦慵，细柔的倦慵，
酥遍了我的四肢。

歌在心中，歌在田垄，
神秘的静谧融入血液——
你会情不自禁地相信，
到处盈溢着爱情的魅力！

为何沉思不已？为何眼泪潸潸？
是否我的心已经预感到
丁香会被严寒摧残，
我的歌声也会云散雾消？

1847年

草原的夜沉寂无哗……

草原的夜沉寂无哗，
天空对它说：睡吧！
　　山岗已沉沉入梦；
一颗颗巨星以银光束束，
在苍穹中宣布：
　　永恒就是神圣，神圣，神圣！

天空敏感又明亮，
静止的翅膀，
　　默无声息，收拢在肩——
纹丝不动；只是有时，
恰似钻石般的泪滴
　　天使疾飞向前。

1847年

又是春天……

又是春天，似乎有某种超自然的精灵，
在统治着夜间的花园，
我缓缓地悄然向前，
我的黑影也和我一同前行。

林荫小路的深处还闪着微光，
天穹在交叉的树枝间露出幽蓝，
我漫步前行——芳香的凉意轻轻拂面，
我漫步前行——夜莺在声声歌唱。

天方夜谭的事儿又在脑海中浮现，
这可怜人世的天方夜谭的事。
我的胸怀更宽广，心儿更欣喜，
又想把谁紧紧拥抱在胸前。

时候即将来到——也许转眼来临，
大地又在渴望焕然一新的面貌。
但我的心却将要停止跳动，
它的爱早已荡然无存。

1847年

睡够了吧……

睡够了吧：天一黎明，
我便献给你两朵玫瑰。
有着银亮亮的泪珠衬映，
它们如火的柔情更加明媚。

春天，一场雷雨袭过，
空气清新，绿叶鲜丽，
香馥馥的红玫瑰花朵，
悄然洒下珠泪一滴滴。

1847年

湖已沉睡……

湖已沉睡；青黛的森林一片寂静；
一条雪白的美人鱼飘然悠悠出游；
好像一只小天鹅，月儿滑过天穹，
向着自己那水中的倒影不时凝眸。

渔人们酣睡在昏昏欲睡的灯火旁；
淡白的船帆未曾漾起一丝皱褶；
芦苇边时有肥大的鲤鱼哗啦击浪，
荡起大圈的涟漪在水面层层远播。

多么静谧……我听得清每一种声响；
但它们并未打破夜的沉寂，——
让夜莺的啼啭热烈而嘹亮，
美人鱼把水草轻摇成一段韵律……

1847年

夏日的黄昏明丽而宁静……[1]

夏日的黄昏明丽而宁静，
看，杨柳是怎样睡意沉沉；
西边的天空白里透红，
河湾的碧流波光粼粼。

微风沿着树梢轻快滑移，
滑过一个又一个树顶，
你可听见峡谷里声声长嘶？
那是马群在振蹄奔腾。

1847年

1　弗拉基米尔·费多罗维奇·拉祖尔斯基（1869—1947）在1894年7月2日的日记中记载："列夫·尼古拉耶维奇（即托尔斯泰——引者）停止割草。他把臂肘撑在大镰刀上，望着天际，背诵起费特描写夜幕降临的一首诗来（即本诗——引者），并且说：'这首诗写得真好，诗中的每一句都是一幅画。'"

我窗外的葡萄藤
长得美丽茂盛……

我窗外的葡萄藤长得美丽茂盛，
　　青枝绿叶甚至挡住了半个窗户的光线，
你看，在青翠欲滴的枝叶丛中，
　　一串开始金黄的葡萄还故意在窗口高悬；
亲爱的，千万别碰它！不要破坏这美景！
　　要是你伸手到窗外采摘这葡萄——
邻居就会根据你那雪白丰腴的纤手断定：
　　原来她早就偷偷藏在他的房间里了。

1847年

威尼斯之夜

皓月当空，银辉闪耀，
柔柔清光洒满大理石板，
圣马可的狮子[1]瞌睡缠绕，
大海女王[2]也睡意香甜。

银光闪闪的运河波心，
倒映着一座座宫殿，
不眠的桨橹划动波光粼粼，
迟来的桨手流连忘返。

漫天的繁星眨着眼睛，
在夜空中含情脉脉，

1 威尼斯的象征。《新约·马可福音》的作者圣马可公元前67年在埃及遇难。公元828年，威尼斯两位富商从亚历山大港把圣马可的干尸偷偷运回威尼斯，至今仍存放在圣马可大教堂的大祭坛下。从此，圣马可成为威尼斯的保护神，其标志是一只飞狮，并且成为威尼斯的城徽。

2 这句话有两重含义。一是写实，指围抱威尼斯的大海；二是指威尼斯，因为这也是威尼斯常见的形容语。

一幢幢披着银辉的华栋，

早已被古老的梦层层围裹。

1847 年

狄安娜[1]

我透过树木，在碧澄澄的水面上，
看见了童贞女神的完整雕像，
她庄严而又华贵，全身赤裸，
她有高高隆起的宽阔的前额，
有一双长刷刷的浅色眼睛，
她屏息凝眸，一动不动，
这敏慧的女神雕像全神贯注，
倾听着少女们痛苦的祈祷语。
但晨风穿过树叶携着熠熠霞光——
女神那明丽的脸庞在水中晃漾；
我期望——她背着箭袋和弓箭快步奔出，
青枝绿叶间闪过她那白雪雪的胸脯，
凝望昏睡的罗马，古老的光荣之城，
混浊的台伯河[2]，大理石柱廊重重，

1　古罗马神话中的月亮和狩猎女神，太阳神阿波罗的孪生姐妹，也是贞洁处女之神。屠格涅夫认为，“这首诗是一首杰作”。涅克拉索夫则宣称：“这首诗令人赏心悦目，对它的任何夸奖都不过分。”

2　也叫特韦雷河，是罗马市内最主要的一条河，全长405公里。

长而宽的广场……可这静穆的大理石雕，
只是在我面前让神秘的美银灿灿闪耀。

1847年

花　语

我这束鲜花露珠闪闪，
我的哈里发[1]仿若宝石一样；
我早已想和你倾心交谈
用这齿颊留香的诗行。

每一朵鲜花都是一个暗语，——
我的表白请你用心领悟；
或许，这一整束花儿
将为我们开辟一条幽会的通途。

1847 年

1　伊斯兰教国家政教合一的领袖。

啊，别召唤！你这激情的钟声……

啊，别召唤！你这激情的钟声
　　就是故乡的语言。
听着它就会孩子般泪如泉涌，
　　而我早已习以为常！

请让你的心在我面前自由跳动，
　　并且不再假装，
我了解故乡，那里的一切让我魂牵梦萦，
　　真真切切，心潮激荡。

请问，不正是我吗，为最初的
　　激情召唤，
苦苦探寻这难以名状的
　　幸福答案？

究竟为什么？双轮马车跑几步就轰然倒地，
　　虽然目标远在远方，
可勇敢无畏的马车夫张开双臂，

在尘土中平躺。

我明白这些，并怀着最后的激情
让一切都完结；
但我满怀爱恋，满怀欣幸，
绕开了尘屑。

请让你的心在我面前自由跳动，
并且不再假装，
我了解故乡，那里的一切让我魂牵梦萦，
真真切切，心潮激荡。

别召唤，但运气好，
就请歌唱爱情，
刚一听见，我就孩子般哭号，
随你而行！

1847年

乌　云

层层天波气浪，轮番
　　冲击着一叶乌云小舟，
在我和月亮之间
　　小舟啊，你并非白白浮游：

明月为你镀上银光，
　　你成为上帝午夜的宝座，
而我只给了你沉思和惊慌，
　　一种精神上的压迫。

她已沉睡——思想的激战，
　　不曾扰乱她的心胸；
请你带着我的祝愿
　　飞驰过她的上空。

1847 年

睡吧，还只到黎明……

睡吧，还只到黎明，
寒气逼人，时间还早；
群星还在远远的山顶，
透过浓雾灼灼闪耀。

不久之前，公鸡
才开始第三次啼鸣，
从钟楼飞出钟声缕缕，
缓缓地向四方飘送。

椴树林的树梢
盈溢着快乐的静谧，
而枕头的一角
沾满了冰凉的泪迹。

1847年

我懂得你幼稚的爱之细语……

我懂得你幼稚的爱之细语，
心灵就这样坦诚地与生活和解。
疯狂幸福那令人难受的战栗，
像高涨的潮水向心灵飞扑不绝。

我告诉那颗灼灼闪耀的星星，
我们在浩瀚的世界已很久不曾见面，
不过，我懂得，它从天空
暗示我的含义丰富的目光：

你望着我的眼睛。你是对的：我的战栗
明白易懂，一如你映在水中的星光烨烨。
我懂得你幼稚的爱之细语，
心灵就这样坦诚地与生活和解。

1847年

在梦中我老是把你梦见……

在梦中我老是把你梦见，
梦见你星光熠熠的双眼；
梦见你洁白娇嫩的脸庞，
梦见你白玫瑰编的花冠，
梦见你的话语亲切而有动人力量，
这梦境也像儿时一样迷迷茫茫，
在梦中我的生活如愿以偿，
实际生活中我也完全一样。

1847年9月7日

秋天

——阴雨绵绵的日子……

秋天——阴雨绵绵的日子，
抽烟吧——却似乎总不过瘾，
读书吧——才过一会儿，
就无精打采，浑身乏劲。

灰色的日子懒洋洋地爬游，
墙上的挂钟
以不知疲倦的舌头
在没完没了地唠叨不停。

在热烘烘的壁炉旁，
心儿仍渐渐冷似冰，
稀奇古怪的思想，
在病痛的头脑里翻腾。

慢慢冷却的茶杯上，
依然热气蒙蒙，

感谢上帝，仿佛黑夜飞降，
我已渐渐入梦……

1847 年

阵阵烈风在田野里……

阵阵烈风在田野里
　　　横冲直撞；
堆堆积雪在旷原里
　　　成团卷扬。

月光下路标上的寒冰
　　　点点银光熠熠。
伴着小铃儿的声声丁零
　　　风儿带来了生命的消息。

橡木十字架啪啪直响，
　　　在风中晃晃悠悠。
草原的灰兔吱吱叫嚷，
　　　却并无惊吓临头。

1847年

夜色莹澈，严寒银光闪闪……

夜色莹澈，严寒银光闪闪，
你一迈步——雪花就咯吱作响；
拉边套的马儿冻得浑身发颤，
一个劲儿地不停向前奔忙。

我们并肩坐着，我扣紧车毯——
夜色莹澈，道路平敞，
你一语不发，我默默无言，
就这样并肩坐着，信马由缰！

1847年

你那华丽的花冠鲜艳又芬芳……[1]

你那华丽的花冠鲜艳又芬芳，
朵朵鲜花香馨齐吐，沁人心脾，
你的鬈发如此柔软又如此浓密，
你那华丽的花冠鲜艳又芬芳。

你那华丽的花冠鲜艳又芬芳，
你明亮的目光能致人死命，——
不，你不爱我，我决不相信：
你那华丽的花冠鲜艳又芬芳。

你那华丽的花冠鲜艳又芬芳，
我的心轻易地坠入幸福的情网：
在你身边好得我直想放声歌唱，
你那华丽的花冠鲜艳又芬芳。

1847年

---

1 这首诗被里姆斯基-科萨科夫谱成著名的抒情曲。

这些思想，这些幻想……

这些思想，这些幻想——
无拘无束的圈圈环环。
滚滚热泪如小溪流淌，
流过火热火热的脸蛋。

心在祈求，心在向往，
泪水淋淋流成两条小溪：
请把我带到遥远的地方，
究竟何处——我心中无底。

没有谁能让我停止追求，
我不愿意，也不会屈服：
这些幻想——是幸福的享受！
这些热泪——是天赐的财富！

1847年

自由和奴役

你看——我们现在多自由：
但是，自由必须付出代价；
为了每一瞬间的放任自流，
我们付出了生命的代价。

为什么看不到微笑？
或许，这是习惯的力量太强？
或者，此刻你是一只小鸟，
刚刚才从牢笼里释放？

快乐小鸟，我的朋友快乐小鸟，
不要眷恋别的命运！
你看，我已敞开怀抱：
快快飞向这个牢笼——我心。

1847年

坐到大海边……

坐到大海边——去等候好天气，
　　为什么你不去守望？
我们的年华如潮汐，
　　正在渐渐升涨。

火炽的激情已随风飘散，
　　灾难正驻足在前方，
在躺卧的石头下边，
　　潮水依旧流淌。

抛开忧愁之时，
　　婆婆已人老珠黄，
大海频频向我惠赐
　　五光十色的珍藏。

坐到大海边——去等候好天气，
　　为什么你不去守望？
我们的岁月如潮汐，
　　正在渐渐升涨。

1847 年

请分享灵验的美梦……

请分享灵验的美梦，
对我的心细诉热忱，
如果用语言无法表明，
就用乐音对心灵低吟。

1847年

灵　蛇

傍晚的颗颗露珠
刚刚把片片草叶缀满，
一个黑眉毛的寡妇，
又洗脖颈，又梳发辫。

她站在窗户旁边，
双眼紧盯着黑茫茫的天穹，
一条长蛇盘成圆环，
疾飞而来，闪着火星。

呼呼作响，越来越近，
在寡妇的院子上空盘旋，
把寡妇那茅草屋顶
用火照得通明透亮。

那黑眉毛的寡妇，
马上伸手把窗关紧，
只听见从那间小屋，
传出窃窃私语和频频接吻。

1847 年

在双层玻璃上……

在双层玻璃上
　　严寒画出花纹，
它巡视喧闹的时光，
　　并且带走了客人；

闲言碎语与高谈阔论已停歇，
　　白天的声音无聊而烦闷；
我周围的一切
　　更怡然自得也更和蔼可亲；

我们坐到熊熊燃烧的壁炉前，
　　那里温暖如春。
月亮那迅捷的光线
　　穿过玻璃而透进。

你狡猾地把自己藏匿，
　　你头脑聪慧；
你已很久没有休息，
　　你已十分疲惫。

心中柔情似水，

　　满怀甜蜜梦想，

我将因那纯美

　　而意足心满。

1847年

春　思

鸟儿又一次从远方回程，
飞到那冰融雪化的河岸，
和煦的太阳在高空巡行，
等待着芳香袭人的铃兰。

你再也无法抑制内心的激情，
热血潮涌，红晕双颊，
你会以一颗被爱的心相信，
爱情像宇宙一样广阔无涯。

但在这春意盎然的大自然里，
我们还能否那样相爱相亲，
一如当年那个严寒的冬日，
低悬的太阳所见到的我们？

1848年

我知道

——哪里是北方！……[1]

我知道——哪里是北方！
沉溺于快乐的痛苦，
我整天眼望着南方，
我对它真是牵肠挂肚。

在那广阔无垠的远方，
你的房舍闪耀着白光，
仿若置身高高的山巅，
我心灵纯净，神清气旺。

我听见一些只语片言，
来自你疑虑重重的责怪，——
我的心于是渴盼，
下一次相会快点到来。

1849年

1　俄国学者认为，这首诗是“拉兹契组诗”中的一首。

在午夜数不胜数的繁星中……[1]

在午夜数不胜数的繁星中，
只有两颗凝望着我的眼睛，
任何地方都不会有一颗星这样瞧着我；
但命运的意志却始终不变：
一颗星升起在西方，而另一颗在东边，
永永远远也不会劈面会合。

茫茫人海中常有两个人，
他们心心相印深知红尘，
因此他们开始变得崇高，
两人的心里都激情迸舞，
两颗心都渴望获得幸福，
可幸福总是远挂在云霄。

1849 年

1 俄国学者认为，这首诗是“拉兹契组诗”中的一首。

美丽的姑娘，我枉自混进人群里……[1]

美丽的姑娘，我枉自混进人群里，
在闹闹嚷嚷的大街上忧郁地游走，
可命运不会使我和你再次相遇，
无论在哪我都看不到你的明眸。

你有次出现在我眼前，恰似美丽的幻影，
在冷若冰霜、不可胜数的人们之间，——
然而青春、爱情、享乐、理想、荣名，
都只是昙花一现，而你更是逝若闪电。

这对明眸曾告诉我一些新的事物，
新的真情油然充满了我的心胸，——
仿若朝霞漫天，掀去了夜的帷幕，
我在醉人的梦中见到了你的面容。

是的，我的梦无比甜蜜，哪怕仅仅一瞬！——

1 俄国学者认为，这首诗是“拉兹契组诗”中的一首。

因此，我不由自主地倍增了忧伤，

现在我独自在街上徘徊，等着你，美丽的幻影，

一个亮灿灿的梦耀眼地在我面前飞翔。

1850年

呢喃的细语，羞怯的呼吸……[1]

呢喃的细语，羞怯的呼吸，
　　夜莺的鸣唱，
朦胧如梦的小溪
　　轻漾的银光。

1 谢尔盖·利沃维奇·托尔斯泰在回忆录《往事随笔》中谈到，列夫·托尔斯泰认为这首诗是“大师之作”“是技艺高超的诗作”“诗中没有用一个动词（谓语）。每一个词语——都是一幅画。”俄国19世纪著名作家萨尔蒂科夫-谢德林（1826—1889）宣称：“毫无疑问，在任何文学中都很难找到以如此温馨的气息吸引读者的诗，像费特的‘呢喃的细语、羞怯的呼吸’那样。”俄国现代文学史家布拉果依（1893—1984）写过一篇专论《诗歌的语法》来论述这首诗，他认为这首诗是“俄国抒情诗的珍品之一”，全诗未用一个动词，却写出了动的画面。全诗是一个大主格句，用一系列名词写出了内容丰富的画面：诗人未写月色，但用“轻漾的银光”“夜的柔光”“阴影”让读者体会到这是静谧的月夜。他进而指出，费特写爱情也像写月光一样，不特别点明，但读来自然明白。整首诗构成了朦胧的意境，但一切又十分具体。小小一首诗，从时间角度看，仿佛只是瞬间，而实际上却从月明之夜一直写到晨曦的出现，包括整个夜晚到黎明，这正流露出恋人的心情：热恋的人不觉得时光的流逝。他论定费特的技巧高超在于：他“什么也没有说，又一切都已说出，一切都能感觉到”。俄国当代著名文学评论家列夫·奥泽罗

夜的柔光，绵绵无尽的
　　夜的幽暗，
魔法般变幻不定的
　　可爱的容颜。

弥漫的烟云，紫红的玫瑰，
　　琥珀的光华，
频频的亲吻，盈盈的热泪，
　　啊，朝霞，朝霞……

1850 年

夫（1914—1996）则在《诗和画的语言——论阿·阿·费特的诗〈呢喃的细语，羞怯的呼吸〉》一文中，认为费特此诗及此类诗的技巧“实际上向我们的文学提供了用文字表现的写生画的新方法”——赋予作品以更多动感的点彩法，并具体指出，费特对个别的现象一笔带过（呢喃的细语、羞怯的呼吸、夜莺的鸣唱），但这些现象却汇合在一个统一的画面中，并使诗句比费特以前其他大师作品中的诗句有更多的动感。他还指出：“费特的语言使整个句子具有深刻的内涵，就像点彩画家的色点和色块一样……费特像画家一样工作。他绞尽脑汁，要让‘每一个短语’都是‘一幅图画’。诗人力求以最凝练的手法达到最为生动的表现。”布拉果依认为，这首诗与费特年轻时的恋人玛丽娅·拉兹契（1824—1850）有关（详见［俄］布拉果依：《作为美的世界——关于费特的〈黄昏之火〉》，莫斯科，1975 年版，第 13 页）。俄国音乐家巴拉基列夫、里姆斯基-科尔萨科夫等都为这首诗谱曲。这首诗与俄国名歌《莫斯科郊外的晚上》有异曲同工之妙。

你这出人意料的天才，多么挺拔秀丽……[1]

你这出人意料的天才，多么挺拔秀丽，
从天空翩翩飞降，把我熠熠照亮，
使我头脑中的慌乱不宁平息，
把我的目光吸引到你的脸庞。

你的灵魂在远处还是在我们之间，
然而，多么甜蜜，多么轻盈，
在你面前，我同天空成为伙伴，
高高地缓缓向前飞行；

没有懊悔，不再回还，
我过分热烈地表现甜蜜的情感，
带着幸福的微笑用兄弟的目光
久久地把你凝望。

1850年

---

1 俄国学者苏霍京认为，这首诗是“拉兹契组诗”之一。

泪珠一颗颗在火热的脸颊潸潸……[1]

泪珠一颗颗在火热的脸颊潸潸，
幻想一个个从心灵里往外猛挤；
一个瞬间埋葬了另一个瞬间，
只有教堂在殡葬处金光熠熠。

长翅的梦疾飞超过了兄弟，
云彩疾驰，紧随乌云，
多么巨大，我心灵的损失！
心灵的伤口可怕的深！

但我热烈地紧抱着我的安居之地，
希望我的激情与之一起沸腾；
可我无法忘记，甚至在神志不清时，——
无法忘记，深夜里我常悲伤地痛哭失声！

1850年

1 俄国学者苏霍京认为，这首诗是“拉兹契组诗”之一。

注视着你的脚步，祈祷着并且深深倾心……[1]

注视着你的脚步，祈祷着并且深深倾心——
这不是我的愿望，也不是突发的激情：
我的朋友，我的孩子，请你相信，
是某种神秘的力量吸引我把你铭记于心。

我理解你那奇妙的和谐之声——
温情的柔弱与力量的完美结合，
我的心灵预感某种忧心忡忡，
我怜惜你，你这美妙无比的创作！

这就是我有时为什么看得出神，
当你怯生生地低垂着脑袋，
看书或在五彩的十字布上描花绣锦，
一绺黑油油的秀发蛇一样低垂下来。

你的脸颊透出一种苍白的透明，

1　俄国学者苏霍京认为，这首诗是“拉兹契组诗”之一。

你那浓密的睫毛的黑箭，
亮灿灿的白天使它光影不定，
而你晶亮的眼睛黑溜溜转在其间。

1850 年

漫漫长夜，总无法合眼入梦……[1]

漫漫长夜，总无法合眼入梦，
有时，奇妙的瞬间拜访心灵。
精神振奋，不再为任何失去而愁闷，
我猜想逝去的兄弟就栖身于遥远的星辰！
亲密的心灵在我面前纤毫无遗地呈现：
你知道，我们曾那样生活，你也知道，我们还会怎样！
啊，要是黑夜能把你带入这个奇妙的世界，
哦，我心爱的朋友，那就对强悍的灵魂服服帖帖！
我会倾听你缥缈的声音，并加以回应，
请记住我，就像记住那迫不得已的离分！

1851年

1　俄国学者苏霍京认为，这首诗是“拉兹契组诗”之一。

枉然！……[1]

枉然！
无论我望向哪里，到处都是一败涂地，
心里痛苦不堪，因此我必须时刻抛洒谎言；
表面对你微笑，内心却在痛苦地哭泣。
枉然！

分离！
人心能承受多大的痛苦！
而往往只要一点声音就能暗示。
我站着像个疯子，根本不理解这些情愫：
分离！

再见！
打碎这高脚杯：杯底隐藏着一滴希望。
它能把痛苦延长，它也能放大苦难，
阴郁的生活总是孵化痴心妄想。
再见！

1 俄国学者苏霍京认为，这首诗是“拉兹契组诗”之一。

并非我们
无力领会表达愿望的语言。
缄默的痛苦向人们从古诉说到今，
轮到了我们，可结束一系列考验，
并非我们。

然而，痛心，
生活的命运对神圣的动机剑拔弩张；
如果在人的心中能调和它们那也是欢欣……
不！扯下并丢掉；那些创伤，也许有益健康，
然而，痛心。

1852年

人们已入睡……[1]

人们已入睡；我的朋友，
让我们一起走到绿树浓荫的花园。
人们已入睡；只有星星在把我们窥探。
不过它们看不见躲在繁枝密叶中的我们，
它们也听不见我们——能听见的只有夜莺……
甚至夜莺也听不见我们——它正声若玉石，
也许能听见我们的只有心灵和手儿：
心灵听见，大地是多么心满意足，
我们给这儿带来了何等甜蜜的幸福；
手儿听见，并告诉心灵，
那人的手发热发抖在自己掌中，
自己这手也因此而发抖发烫，
一个肩膀情不自禁地紧贴向另一个肩膀……

1853年

1 这首诗被俄国作曲家谢尔盖·伊凡诺夫·塔涅耶夫（1856—1915）谱成著名抒情曲。

轻轻飞来一阵歌声……[1]

轻轻飞来一阵歌声，
在我枕边袅袅飘萦。
它充满了离愁别恨，
颤漾着未能如愿的爱情。

这究竟意味着什么？
最后的柔情已成绝响，
一辆驿车从街上驶过，
尘土飞扬，消失在远方……

仅仅如此……然而别离之歌
招惹出未能如愿的爱情，

1 这首诗与拉兹契有关，因为根据费特的《回忆录》，他是有感于著名音乐家李斯特曾给拉兹契写过具有非凡美的告别乐句并且常常请求拉兹契在钢琴上弹奏这些乐句而创作这首诗的。详见［俄］苏霍京：《费特与叶莲娜·拉兹契》，别尔格拉特，1933年版，第12页；或见［俄］迈明：《阿法纳西·阿法纳西耶维奇·费特》，莫斯科，1989年版，第36页。

亮灿灿的歌声悠悠远播，
在我的枕边飘萦。

1853年

南方的女友

美好岁月的美丽女友，
你给我带来了快乐的问候，
你从火热的南方来到悲凉的北方。
在这里午夜的严寒把一切摧残，
而那边心灵在多么真诚地爱怜，
灵魂更欢快地在鲜花怒放。

哦，假如我响应那亲切的召唤，
在那里月亮升起如光洁的圆盘，
在那里火热的阳光使人生气激荡，
在那里黑夜散发出难以言喻的神秘，
而在沉睡的乌克兰上空透过层层云幂，
繁星在蔚蓝的光海中微闪幽光。

池塘在做梦，惺忪的白杨睡意正浓，
团团乌云沿着尖削的山峰轻快滑行，
在那里空气、光线和思绪多么和谐，
心胸由于无可避免的激情颤动不已，

而金合欢探头于敞开的窗里，

摇动香馥馥的细枝乞求一切。

1854年

茂密的菩提树下
多么凉爽……

茂密的菩提树下多么凉爽——
正午的酷热无法渗入此中，
仿佛有千百把扇子满溢芬芳，
正在我头顶一齐挥动。

远处，炙人的热气一片蒸腾，
摇摇晃晃，好似正昏昏欲睡，
蚱蜢那吵闹不休的瞿瞿叫声，
如此催眠，又如此单调乏味。

透过幽暗的树荫可以望见天穹，
似有一层薄雾把它轻轻遮笼，
一片波浪般的云彩缓缓飘动，
仿佛是那静谧的大自然的梦。

1854年

第一朵铃兰

啊，第一朵铃兰！白雪蔽野，
你就已祈求灿烂的阳光；
什么样童贞的欣悦，
在你馥郁的纯洁里深藏！

初春的第一缕阳光多么鲜丽！
什么样的美梦将随之降临！
你是多么令人心醉神迷，
你，燃起遐思的春之礼品！

仿佛少女平生的第一次叹息，——
为了她自己也说不清的事情，——
羞怯的叹息芳香四溢：
抒发青春那过剩的生命。

1854年

秋　天

燕子飞走啦，
昨天清早，
飞来一群白嘴鸦，
网眼般密密麻麻，
在山顶上空飞绕。

黄昏后一切都已入睡，
院子里一片黑漆漆。
枯叶纷纷飘坠，
夜里寒风大发淫威，
对着窗户嘭嘭敲击。

倒不如雪暴风横，
反使我心胸舒畅！
仿佛是惊魂未定，
鹤群在长空唳唳悲鸣，
飞向南方。

你情不自禁地向外拔脚，

心情沉重，潸潸泪流！
看，那风滚草
扑腾着在田野滚飘，
好似一团团绒球。

1854年

春天那芬芳撩人的愉悦……

春天那芬芳撩人的愉悦，
还没有降临到人间大地。
山谷里仍铺满皑皑白雪，
一辆大马车，碾过冰屑，
车声辚辚，沐浴着晨曦。

直到中午才感觉到艳阳送暖，
菩提树梢头一片胭红，
白桦林点点嫩黄轻染，
夜莺，还只敢
在醋栗丛中轻唱低鸣。

翩翩飞回的鹤群，双翅
捎来了春天复归的喜讯，
草原美人儿亭亭玉立，
目送渐渐远去的鹤翼，
脸颊挂着泛紫的红晕。

1854年

草原的黄昏

浮云懒洋洋地在血红的晚霞中萦荡，
田野在盈盈露水中细品悠闲自在，
驿车在第三个山垭口铃声叮当，
终于不见踪影，也没扬起尘埃。

广袤无垠的草原上到处荒无人烟，
远方看不见灯火，也听不到歌声！
除了草原还是草原。这一望无际的草原，
就像海洋，灌浆的黑麦沉甸甸地随风波动。

月亮还在云层下面藏藏匿匿，
未到夜晚，还不敢银辉朗朗。
只有甲虫在嗡嗡怒叫，飞来飞去，
只有鹞鹰在轻扇翅膀，徐徐滑翔。

田地上空弥漫着金灿灿的烟雾，
鹌鹑在远处你歌我唱，互相呼应，
我听见，在那露珠晶莹的峡谷，
长脚秧鸡在吱吱地低声啼鸣。

好奇的目光已被重重夜幕遮断，
温暖的空气中泛起阵阵凉意。
月光皎洁，群星从高空俯视人间，
银河似江流波光流荡，分外亮丽。

1854 年

蜜　蜂[1]

忧郁和懒惰使我迷失了自己，
孤独的生活丝毫也不招人喜欢，
心儿疼痛不已，膝儿酸软无力，
芳香四溢的丁香树的每一细枝
都有蜜蜂在嗡嗡歌唱，缓缓攀缘。

让我信步去到空旷的田野间，
或者彻底迷失在森林中……
在荒郊野外尽管处处举步维艰，
但胸中却似乎有一团熊熊火焰，
把整个心灵燃烧得炽热通红。

不，请等一等！就在此时此地，
我与我的忧郁分手。稠李睡意酣畅，

1　德鲁日宁高度评价这首诗，“可以大胆地说，俄语中还没有这样表现春天的愉悦的作品”，并认为这首诗是费特诗歌中“最费特式的”一首。

啊，蜜蜂又成群地在它上方飞集，
我怎么也无法弄清这个谜：
它们究竟嗡嗡在花丛，还是在我耳旁？

1854 年

昨天和今天

昨天，在十二点的明亮烛光里，
你凝神倾听我，同情溢出笑靥，
我似乎觉得：我这就要把你
带进一个狂热幸福、繁花似锦的世界。

今天，我的上帝！我语无伦次，
你冷静地看着我，满怀委屈，——
我暗暗掂量着这两个日子：
昨天多么可怜，今天多么可耻。

1854年

湖上的天鹅把脖颈伸入苇丛……

湖上的天鹅把脖颈伸入苇丛，
　　森林仰倒在粼粼碧水，
它把起伏的峰梢沉入霞层，
　　在两重天空之间弯腰弓背。

疲惫的心胸快乐地吸吐
　　清新的空气。暮霭纷纷，
到处弥漫。——
　　我夜间的道路，在远处的树木间一片红晕。

而我们——两人一起在船上落座，
　　我大胆地使劲划动船桨，
你默默地掌握听话的船舵。
　　船儿轻摇，我们就像在摇篮一样。

你孩子般的小手驾驶着船儿，
　　让它驶向鳞波闪闪的地方，

沿着昏昏欲睡的湖面，像金色的蛇儿，

　　一条小溪，飞速流淌。

繁星已开始在天空闪烁……

　　我不记得，为何放下了船桨，

也不记得，彩旗在低语些什么，

　　而流水把我们漂送到了何方！

1854年

多么幸福：又是深夜，又是我俩……

多么幸福：又是深夜，又是我俩！
河流似镜，辉映着璀璨群星；
而那儿……你抬头看看吧，
天空多么深湛，又多么纯净！

啊，叫我疯子吧！随你叫什么都行，
此时此刻，我的理智已如此脆弱，
爱情的洪流在我心中澎湃汹涌，
我无法沉默，不能也不愿沉默！

我痛苦，我痴迷：爱之深苦之极，
哦，听我说，理解我，我已无法掩藏激情，
我要向你表白：我爱你，——
我只爱也终生只爱你一人！

1854年

柳　树

让我们坐在这柳树下憩息，
看，树洞四周的树皮，
　弯曲成多么奇妙的图案！
而在柳树的清荫里，
一股金色水流如颤动的玻璃，
　闪烁成美妙绝伦的奇观！

柔嫩多汁的柳树枝条，
在水面弯曲成弧线道道，
　仿如绿莹莹的一泓飞瀑，
细细树叶就像尖尖针脚，
争先恐后，活泼轻俏，
　在水面上划出道道纹路。

我以嫉妒的眼睛，
凝视这柳树下的明镜，
　捕捉到心中那亲爱的容颜……
你那高傲的眼神柔和如梦……

我浑身战栗，但又欢乐融融，

我看见你也在水里发颤。

1854年

多美的夜！
空气清新而晶澄……

多美的夜！空气清新而晶澄，
芳香一团团升起在大地上空。
啊，此刻我深感幸福，情难自禁，
啊，此刻我极愿向你细诉衷情！

你可记得最后那一次会面的时刻？
夜的漫漫昏黑郁闷无趣，
你等待着，渴盼我向你表白——
我缄口不言：那时我并不爱你。

激情冷却，心灵深感酸楚：
你的悲伤竟是如此沉重；
我也为我们两人深深痛苦，
但我不忍心说出实况真情。

可现在，当我颤抖不已，浑身乏力，
奴隶一般极力捕捉你的每一次凝睇；

我没有撒谎，把你称作亲爱的，
并且向天宣誓，我爱你！

1854年

我知道，人们对我没有丝毫罪过……

我知道，人们对我没有丝毫罪过，
然而我也没从他们那里得到多大安慰。
白天他们时时刻刻都在为自己繁杂的琐事奔波，
黑夜像慈母，把他们搂在怀抱让他们安睡。
他们哪还管得上有人整天为无所事事而苦闷不已，
夜里又为奇思怪想而辗转卧榻通宵不眠？
火焰在烛台上颤跃——我那些怯生生的思绪，
绕着心爱的意念袅袅飘萦，一一闪现
它们那霓虹般多彩的色调。我的心在抖颤，理智也在抖颤。
我的心是无知的伊卡洛斯[1]，像黑暗中的飞蛾扑向光明，
渴求着珍贵的意念。

---

1 伊卡洛斯是希腊神话中巧匠代达罗斯的儿子，为了逃出他们为米诺斯国王在克里特岛上修建的迷宫，代达罗斯用蜡和羽毛制造了双翼，他们飞出了迷宫，但伊卡洛斯越飞越高，终因蜡熔化而坠海身亡。

于是我张开烧焦的翅膀，
在黑暗中画了个圈，摇摇晃晃地迅飞疾行，
再次接受那心甘情愿的火刑。
但我搞不清，
这世上什么叫心甘情愿，什么叫不可避免……

1854年

我的朋友，不要说……[1]

我的朋友，不要说："她会忘记我，
强大无比的时间的飞行变幻莫测；
疲惫痛苦的心中枉自燃起的激情会消散，
不幸的影像不会再紧盯着沉思的目光；
年轻的心胸将呼吸得更加自由，
也更大胆；仿若甜蜜的闪光水流，
慢悠悠的话语又开始滔滔奔涌；
面颊容光焕发——于是目光在镜中
带着疑问情不自禁地偷偷转动——
心中又绽放了春天，又幸福融融。"
我亲爱的，不必珍爱美丽的谎言：
这伤口在耽于幻想的心里会让人命丧。
你是否看见在那林中的橡树树荫，
手里端着来复枪的调皮猎人，
当一群猎犬跑下山岗，把吠声洒遍四方，
热烈地疾速飞奔为他们把猎物追赶，
残酷的森林女神献给闲散青年的贡物，

1　俄国有人认为，这首诗与拉兹契有关。

那已经跳出灌木丛中疾驰而去的扁角鹿?
枪声紧接着响起——就在烟雾弥漫中,
仿佛毫发无损,扁角鹿疾奔如风,
不顾咒骂和猎手们的大声嘲笑,
飞快消逝在黑漫漫的林海滔滔——
但经验丰富的捕猎者早已发出胜利的召唤,
把铜钟般洪亮的号角送到合拢的嘴上。

1854年

睡不着。点支蜡烛。……

睡不着。点支蜡烛。看书干什么?
反正我又是连一页都读不下去——
亮闪闪的白光开始在眼前闪烁,
一列列虚假的幻影在晃动闪熠。

究竟为什么?我做了什么?对你有啥错?
难道我的心事理应受到指责?
因此你的幻影那样讥讽地微笑着,
还用那么严厉的目光紧盯着我?

1854 年

松　林

在童贞的槭树和爱哭的白桦之间，
我最不希望看见这些高傲的松林；
它们使甜蜜而灵活的幻想窘困不安，
　　我无法忍受它们那副清醒的神情。

在重获新生的众多邻居中间，
只有它们不懂恐惧，不会诉苦，也不长叹，
它们始终如一，还提醒兴高采烈的春天，
　　一定要记住冬天的严寒。

当森林撒下最后一片枯叶，
默默无语地等待着春天和复活，——
它们却以冷峻的美扮靓山野，
　　让其他那些树种敬为楷模。

1854 年

缪　斯

她并非去多嘴的水神那昏暗的宫殿，
来俘虏我的听觉，它自尊自恋，
她讲述盾牌，骏马和好汉，
讲述锻造的头盔和折断的宝剑。
她把秀气的前额隐藏在月桂树荫，
带着黄金的竖琴或象牙的竖琴，
高傲的女神身披绣花的宽大斗篷，
从未伏在我肩头休歇一分钟。
她那强劲的语言我并不感到悦耳，
虽灵活，也朴实，还响亮，却不和谐。
按照众缪斯的意志带着歌者的尊严，
我不幻想博得广泛承认的冠冕。
啊，不！躲藏在嫉妒的迷雾里，
青春为我找到了另一个缪斯：
那香喷喷的秀发，沉甸甸的发辫，
似乎压得她微微垂下云鬓；
最后几朵花在她手中抖颤；
断断续续的话语中充满忧伤，
既有女性的幻想，也有银白的梦幻，

无法言说的痛苦和莫名的眼泪潸潸，
为某种令人难受的愉悦心潮难禁。
我听见，蜜语之后紧接着亲吻，
长久没有她，心灵长痛不已，
并且充满一种难以言表的渴欲。

1854年

我爱在喀喀直响的严寒中……

我爱在喀喀直响的严寒中那沉寂的牧场，
欣赏灿烂阳光下皑皑白雪的刺目寒光，
森林头戴雪绒帽，身披银白霜，
叮咚的小河也在幽蓝的冰层下躲藏。
我多么喜欢放开沉思的目光，
寻找那被埋没的壕沟，吹净的山岗，
丛丛草茎遍布光秃秃的田野之间，
那边，奇异的山丘仿如陵墓一般，
这午夜的创作，——而远方乌云的涡旋，
飞荡在白茫茫的河岸和明镜般未冻结的水面。

（1842年）1855年

户外的春天

心胸多么清新而深沉地呼吸，
——这，任何言辞也难以表达！
晌午时分，小河在峡谷里，
蹦跳着前进，哗哗地飞溅起浪花。

歌声在天空震颤、消散，
黑麦在无边无际地绿茸茸——
一个温柔的声音在咏叹：
“春天，又一次获得了新生！”

1855年

傍　晚

明亮的河面上水流淙淙，
幽暗的草地上车铃叮当，
寂静的树林上雷声隆隆，
对面的河岸闪出了亮光。

遥远的地方朦胧一片，
河流弯弯地向西天奔驰，
晚霞燃烧出金色的花边，
又像轻烟一样四散飘去。

小丘上时而潮湿，时而闷热，
白昼的叹息已融入夜的呼吸，——
但仿若蓝幽幽、绿莹莹的灯火，
远处的电光清晰地闪烁在天际。

1855 年

停步吧！这里多好！……[1]

停步吧！这里多好！月色如银，
遍地铺满松树那参差不齐的影子，
多么宁静！一切骚乱的声音，
都无法从巍峨的山外传到这里。

我不会去到那边，那里陡峭的海岸，
会从脚下滑落居心叵测的石头，
飞向海边的砾石滩，那里巨大的海浪
汹涌扑来，又马上退入海浪的洪流。

你独自站在我面前，沐浴着恬静的星光，
在这里你是我情感的主宰，思想的主导……
而那边海浪怒涌——在我们之间轰响……
我不会去到那边：那里永远是激荡和喧嚣。

（1847 年）1855 年

---

1 著名作家屠格涅夫（1818—1883）看了1850年版《费特诗选》后认为这首诗“非常出色”，但也有些不足，费特根据屠格涅夫的意见认真修改了本诗的第一节和第三节，于1855年再次发表。

忘了我吧，狂热的疯子……

忘了我吧，狂热的疯子，
　　不要摧毁我的安宁。
我是你热恋的心灵创造的神奇，
　　你快别爱上这幻影！

啊，怯懦的幻想家，请你相信并了解周详，
　　尽管你痛苦不堪，备受熬煎，
你越是接近自己那虚无缥缈的幻想，
　　你就离我越来越远。

仿若一个小孩俯临水面，迷醉于水中月亮，
　　大声欢呼，其乐无穷；
他猛扑过去——可月亮那银晃晃的脸庞，
　　却早已从骚动的水面消失无踪。

孩子，快把泪水涟涟的眼睛擦干，
　　别再相信幻想。
月亮在高空浮游，银光灿灿，
　　它不在这里，而在天上。

1855 年

昨晚，你头戴芳香四溢的花冠……

昨晚，你头戴芳香四溢的花冠，
透过明净如镜的玻璃窗久久凝望
那繁星灼灼闪耀的蓝靛靛苍穹，
那林荫道上叶子沙沙作响的白杨，
那林荫尽头，如此恐怖又如此黑暗。

也许，你早已忘记了后面的大厅里
蜡烛耀眼的光亮，和温柔的话语……
当人们轻快地跳起华尔兹，琴弦声悠扬时，
我看见——你微微倾侧着你的头儿，
虽然满头都是鲜花，却满怀郁悒。

你是否在想："就在那边，在远处的凉亭，
在那大理石长凳上，此刻他正在把我苦等，
在暗幽幽的树荫下，他心怀嫉妒，满面愁容，
他望穿双眼，凝视着那舞蹈的旋风，
并且在闪耀的灯火中搜寻着我的身影。"

1855 年

在恋爱、梦想、自由之时……

在恋爱、梦想、自由之时，
在玫瑰色日子的玫瑰色闪烁里，
心情不好时的言语，
真让我难明其意。

我在语言上空游戏，
我揣摩别人的心声，
愤恨就像暴雨欲来时
乌云的一条条黑影。

清醒的时候已经来临，
无声的斗争中职责下令，
微笑着面对人们，
而悲伤则强压在自己深心。

我获得了胜利。不幸潜入心底藏躲，
不幸已沉沉入睡……但我清楚，
这伊甸园的古老毒蛇，
生命力有多强，又有多毒！

自己同自己斗争的日子，
心灵在艰难地鏖战，
我听到精神之恶的翅翼，
在心灵上空沉重地飞翔。

1855年

天色还只是刚刚有点变黑……[1]

天色还只是刚刚有点变黑，
我就会等待轰然震响的钟声，
快来吧，我那亲爱的小宝贝，
快来和我共享良宵好景。

我会吹熄镜子前的蜡烛——
壁炉里会透出光明溢满温暖；
我将聆听你乐滋滋的话语，
心灵又感到轻快泰然。

我将细听你天真的幻想，
其中充满了憧憬未来的光辉；
每一次我胸中都会波翻浪卷，
情不自禁地洒下幸福的热泪。

1　俄国作曲家布拉霍夫（1822—1885）曾把这首诗改名为《小东西》谱成抒情曲，并曾流行一时。

到了黎明，我会小心翼翼
为你重新扎上你的头巾，
沿着身披盈盈月光的墙壁，
伴送你一直到你家的大门。

1856年

周围的一切五彩缤纷，闹闹嚷嚷……

周围的一切五彩缤纷，闹闹嚷嚷，
但人群的欢天喜地全都是枉然：
没有你，我忧心如焚，思念成狂，
我的欢笑已随着你一去不复返。

只是偶尔，当天空挂起黑色帷幔，
枯寂、沉重的一天终于苦熬过去，
你那温柔的面影倏然浮现在我眼前，
此时此刻，我脸上才露出些许笑意！

1856年

在壁炉旁

炭火渐渐暗淡。朦胧暗影里，
时有晶亮的火星点点飞迸，
仿佛小蝴蝶扇动天蓝的双翅，
使劲拍打血红的罂粟花茎。

一串串五光十色的幻影，
吸引、抚慰我疲惫的目光，
一张张难以捉摸的面孔，
从淡白的灰烬中向我凝望。

往日的幸福，往日的忧伤，
亲昵、友善地纷纷涌现，
心灵在说谎：
曾经深深怜惜的一切已是过眼烟云。

1856年

令人倾倒的形象[1]

在离群索居中有时把一切遗忘，
幻想合上我的双眼，一如那梦，——
你，你又远远地站在我面前，
沐浴在我春天的盈盈光华中。

被损毁的一切，又在可怜的心中复活，
如咧着大口的深渊横亘在我们之间，
无法控制住心灵的激情之火，
我又和你在一起——你心花怒放。

我不是为你在我盲目的内心中
用尘埃塑造多变易逝的偶像；
这远方我倍觉亲切：那里有永远不变的幻影，
我站在你面前，重归纯洁，开朗。

---

1 俄国有人认为，这首诗与拉兹契有关。这首诗是以女性的第一人称口气创作的，也就是说，是诗人假想中拉兹契以“我”的口气而写的。这在“拉兹契组诗”中颇为罕见，可能受到费特所尊敬的丘特切夫的影响，丘特切夫在“杰尼西耶娃组诗”中喜欢以杰尼西耶娃的口气写诗。

无论天真幼稚的热泪，无论无辜心灵的痛苦，
无论女性的软弱，我都无法责怪和不谅，
我带着伤心欲绝的思念奔向它们的圣物，
并且在极度的羞愧中珍藏着你的形象。

1856年

米洛的维纳斯[1]

圣洁又无羁，
腰以上闪耀着裸体的光辉，
整个绝妙的躯体，
绽放一种永不凋谢的美。

精巧奇异的衣饰，
微波轻漾的发卷，
你那天仙般的脸儿，

---

1 维纳斯是罗马神话中爱与美的女神，希腊称之为“阿芙洛狄忒”。米洛的维纳斯女神雕像，高约2.04米，创作于公元前2世纪末或公元前1世纪，但1820年春才在爱琴海的米洛岛上被希腊农夫岳尔戈斯发现，作者已经无从考证。雕像融合了希腊古典雕刻中的优美与崇高两种风格，女神肌肤丰润，身姿端庄，仪态万方，有着美丽精致的椭圆形脸庞，希腊式挺直的鼻梁，平坦的前额，丰满的下巴，秀美、恬静而深邃的面容，尤其是那一波三折的曲线美使得半裸的身体构成和谐而优美的螺旋形上升体态，富有音乐的韵律感，充满了巨大的艺术魅力。女神的上半身裸露，下半身被富有表现力的衣褶所覆盖，显得厚重稳定，更衬托出上身的秀美，显得庄严而崇高，充分展示了她那丰富而又高贵的心灵。这尊女神雕像出土时就已断去双臂，因此也叫作“断臂女神”或“断臂的维纳斯”，现藏于法国巴黎卢浮宫。它跟雕像《萨莫色雷斯的胜利女神》、油画《蒙娜丽莎》齐名，合称为“卢浮宫镇馆三宝”。

洋溢着超凡绝俗的安恬。

全身沾满大海的浪花，
遍体炽烈着爱的激情，
一切都拜伏在你的脚下，
你凝视着自己面前的永恒。

1856年

我梦见那峭壁巉岩的海岸……

我梦见那峭壁巉岩的海岸，
大海在盈盈月光下沉沉入梦，
就像那纯洁无邪的孩子睡意正酣——
我和你沿着静谧的海面飘然滑行，
到处是透明的、波浪般的轻烟，
我们仿若在钻石般灿亮的路途飞腾。

1856年底或1857年初

雾　晨

当戴雪的山顶和灰蓝的云朵之间
第一道金灿灿的光线
从山顶阶地的高塔和废墟上
轻轻滑过你的身旁，
而那黑沉沉的山谷，
静凝着蓝色的烟雾，——
歌手，请把你心灵深处的灵感
献给这世界，金光一般！

仿佛是那鲜嫩的玫瑰，
——这清晨朝霞的花蕾，
当正午的风儿还未扑张
它那炎热的翅膀，
而夜雾的湿润的叹息
分开了天空和大地，
颗颗露珠从绿叶滚落如银，——
祝你的歌声如这露珠一般清纯！

1856年底或1857年初

题纪念册[1]

（复活节的第一天）

胜利！仇恨已束手无策。
春天！基督正从坟墓中复活，——
熊熊火光照亮他的面容。
被吸引和诱惑的所有冲动，
在已平静的心底沉沉入梦，
而这一切又被亲吻唤醒。

忘记了冬季心灵的寒冷，
尽管只瞬间朝气蓬勃暖意融融，
我的心也迎面朝你飞奔。

---

1 俄国学者嘉丽娜·阿斯纳诺娃认为，这首诗与鲍特金娜有关。玛利亚·彼得罗夫娜·鲍特金娜（1828—1894），俄国大茶叶商的女儿，费特的好友、著名批评家瓦西里·彼得洛维奇·鲍特金（1811—1869）的妹妹。

我感觉到柔情在轻轻飘漾，

无论是死亡，还是忧伤的遗忘，

今天我都不愿相信。

1857年4月8日

致友人[1]

当痛苦在你心里悠悠睡醒，
它就会马上转向心灵，
于是贪得无厌的回忆之虫，
不露形迹地开始啃食心灵，——

不要因为与痛苦做斗争，
而使心灵枉自蒙受熬煎，
不要流泪，不要抱怨友人，
请抬起充满希望的双眼。

一任世人咒骂和怒火中烧，——
他们对宽恕的话语沉默不语。
请理解，心灵只能感觉到
任何语言都难以表达的东西；

不知不觉中产生的某种情感，
充满和谐，在内心里荡漾，

1 俄国学者嘉丽娜·阿斯纳诺娃认为，这首诗与鲍特金娜有关。

就在自己那珍贵的隐秘地方，
不朽的灵魂将把它珍藏。

同样的目光在两双眼睛中闪烁，
同样的微笑在无声的嘴唇绽露，
使饱受残酷折磨的一切，
在同心合意的瞬间和解如初。

1851年5月15日

又一个五月之夜[1]

多美的夜景！四周如此静谧又安逸！
谢谢你呀，午夜的故乡！
从寒冰的世界中，从暴风雪的王国里，
清新、纯洁的五月展翅飞翔！

多美的夜景！漫天的繁星，
又在温柔而深情地窥探我的心灵，
伴随着夜莺的歌声，夜空中
到处飘荡着焦虑和爱情。

白桦等待着。它们那半透明的叶儿
羞涩地撩逗、抚慰我的目光。
白桦颤抖着，仿如新婚的少女，
对自己的盛装又是欣喜又觉异样。

1 列夫·托尔斯泰1857年7月9日在致鲍特金的信中评价本诗："费特的诗妙极了。……如'伴随着夜莺的歌声，夜空中/到处飘荡着焦虑和爱情'，真是妙极了！在这位好心肠的胖军官身上，哪儿来的这种令人不解的抒情的勇气和那种大诗人的特性呢？"俄国学者嘉丽娜·阿斯纳诺娃认为，这首诗与鲍特金娜有关。

夜啊，你那温柔又缥缈的容姿，
从来也不曾让我如此的着魔！
我不由得又一次唱起歌儿走向你，
这情不自禁的，也许是最后的歌。

1857年

南方的夜……[1]

南方的夜，我躺在干草垛上，
仰头凝望着蓝幽幽的苍天，
生动、和谐的宇宙大合唱，
弥漫四周，在闪烁，在震颤。

沉寂的大地，就像模糊的梦痕，
无声无息地匆匆泯灭，
我，仿佛天国的第一个居民，
孤独地面对着茫茫黑夜。

是我朝这午夜的深渊飞降，
还是无数的星星在向我潮涌？
似乎有一只强有力的巨掌，
把我倒悬在深渊的上空。

我惶惶不安，心慌意躁，

---

1 俄国著名作曲家柴可夫斯基（1840—1893）认为本诗是“天才的作品”“可以与艺术中最崇高的作品并列”。

用目光测量着这个深渊，
我觉得自己每一分每一秒，
都在往下坠落，一去不返。

1857年

多么美好的夜！空气多么清新……[1]

多么美好的夜！空气多么清新，
昏睡的树叶白亮如银，
岸边的柳树林遍布黑影，
河湾在睡梦中多么宁静，
到处听不到波浪的叹息，
让人心胸里都充满静谧！

午夜的世界，仿佛白昼一般：
光辉更耀眼，阴影更黑暗，
只有柔嫩多汁的青草气息更清幽，
只有思想更明亮，性情更温柔，
胸中那滚滚的欲望销声匿迹，
只想尽情呼吸这清新的空气。

1857 年

1　俄国学者嘉丽娜·阿斯纳诺娃认为，这首诗与鲍特金娜有关。

春　雨

窗前依然一片亮丽，
太阳从云隙里闪闪发光，
麻雀扑扇着自己的双翅，
在细沙里洗澡，晃荡。

但从漫漫天空到茫茫地面，
帷幕已波动着渐渐展开，
而帷幕后的森林边缘，
仿佛笼罩着一片金色尘埃。

玻璃窗沙沙地溅上水珠几点，
椴树林却似有香甜的蜜汁在流淌，
有什么东西倏然冲进花园，
阵阵鼓点在丛丛新叶上敲响。

1857年

给一位女歌唱家[1]

把我的心带到银铃般的悠远，
　　那里忧伤如林后的月亮高悬；
这歌声中恍惚有爱的微笑，
　　在你的盈盈热泪上柔光闪耀。

姑娘！在一片潜潜的涟漪之中，
　　把我交给你的歌是多么轻松，——
沿着银色的路不停地向上浮游，
　　就像蹒跚的影子紧随在翅膀后。

你燃烧的声音在远处渐渐凝结，
　　如同晚霞在海外融入黑夜，——
却不知从哪里，我真不明白，
　　一片响亮的珍珠潮突然涌来。

1　柴可夫斯基指出："费特在其最美好的时刻，超越了诗歌所划定的界限，大胆地跨进了我们的领域……这不是一个平平常常的诗人，而是一个诗人音乐家……因此人们常常无法理解他……他们往往把'把我的心带到银铃般的悠远'这样的诗认为是毫无意义的东西。"柴可夫斯基用这首诗谱写了一首浪漫曲。

把我的心带到银铃般的悠远，
　　那里忧伤温柔如微笑一般，
我沿着银色的路不停飞驰，
　　仿佛那紧随翅膀的蹒跚的影子。

1857年

贝多芬对爱人的召唤[1]

请你哪怕理解我一次这忧郁的倾诉，
哪怕一次你听到这心灵祈求的呻吟！
我站在你面前，大自然美丽绝伦的造物，
你的芬芳以无名的力量使我精神振奋。

我在离别前细心捕捉你的形象，
它占据了我全部身心，我快乐无比，浑身抖颤，
没有你，我遭受临死般的痛苦重创，
但我会把这痛苦当作幸福珍藏。

只要不化为尘埃，我就把它歌咏。
你站在我面前，就像一位女神——
我感到幸福无比；在每一新的痛苦中
预见到你的美丽带给我的欢欣。

1857 年

1 俄国学者嘉丽娜·阿斯纳诺娃认为，这首诗与鲍特金娜有关。

姐　妹[1]

他昨天说我有动人的美——
在镜子里我真的没看清自己？！
上帝啊，为何要有如此美的姐妹，
面对着她，我都憎恨自己！

他的声音，断断续续，有点抖颤；
我甚至在心里懊恼地和他作别[2]，——
但姐妹的容貌就屹立在我面前……
就这样我整夜在林荫道上蹀躞。

我走进卧室；她睡得正酣。
她的鬈发洒满了盈盈月华。
我情难自禁——走到她身边，
俯下身子温情地亲吻着她。

1　俄国学者嘉丽娜·阿斯纳诺娃认为，这首诗与鲍特金娜有关。

2　这句隐含的意思是："我"不相信自己真长得美，对他说"我"美感到生气，尤其是在美丽的姐妹面前，更是认为他是在骗我，打算不再跟他来往。

多么美丽，多么善良，一泓清水！
不，我不会委屈她拿自己和她相比！
他昨天说我有动人的美——
在镜子里我真的没看清自己？！

1857 年

致缪斯[1]

你是否又将长久地光临寒舍，
又使我痛苦不堪且爱意盈盈？
这次你将以谁的形象来具体描摹？
以怎样的甜蜜话语打动我的心？

给我手。请坐。燃起灵感飞舞的火焰，
唱吧，好人儿！寂静中我能听清你的声息，
我会跪着，浑身抖颤，
开始记住你悠悠歌唱过的那些诗句。

多么甜蜜，忘记了红尘中的滚滚浪潮，
纯洁的思想熊熊燃烧又渐渐燃熄，
我感觉到了你威力无比的柔拂轻飘，
听见了你那永远纯洁的话语。

天仙，请赐给我的无眠之夜以

1　俄国学者嘉丽娜·阿斯纳诺娃认为，这首诗与鲍特金娜有关。

幸福的梦境，还有爱情和荣誉，
并以我刚刚说出的那个温柔的名字，
再次为我殚精竭虑的劳动祝福。

1857年

莫斯科奇妙的五月时光……[1]

莫斯科奇妙的五月时光；
教堂的十字架闪闪发亮，
燕子们在窗下悠悠盘旋，
还啁啁啾啾地叫得山响。

我坐在窗下，满怀爱恋，
心灵既青春焕发又恹恹不振。
就像那蜜蜂嗡嗡地歌唱，
那是从远处钟楼传来的声音。

突然间这声音变得和谐，就像管风琴，
在远处奏出悦耳动听的乐声，
心灵情不自禁地猛地一振，
只因为这和谐悦耳的歌声。

合唱声越来越嘹亮，——
于是一股神秘莫测的力，

1　俄国学者嘉丽娜·阿斯纳诺娃认为，这首诗与鲍特金娜有关。

在心里使晶晶蓝天
与无言的墓地合为一体。

合唱声越来越嘹亮，——
排成黑色的队伍一长溜儿，
信教的人们徐行向前，
一个个都光着头。

嘹亮的合唱经过我身旁，
我不敢正视，把目光挪开，
紧随着这嘹亮的合唱，
走过来一口粉红的小棺材。

暖洋洋的和风轻轻浮动，
棺材上的盖布微微飘漾，
我仿佛觉得，年轻的心灵，
在空中悠悠飞翔。

春天的光辉，春天的喧嚷，
和谐的祈祷之声——
一切都扇动轻盈的翅膀，
在离别的悲伤之上迎风飞行。

就在棺材后走着摇摇晃晃的母亲。
临葬时她号啕悲恸！——
但我觉得，这诀别之痛
并不那么沉重。

1857 年

我们分别了，你到远方去旅行……[1]

我们分别了，你到远方去旅行，
　　但我们注定还得
时时刻刻在神秘的会面中
　　增进彼此的相互理解。

当你在活跃而任性的人群里，
　　悄悄低下头去，
带着勉强的微笑默默不语——
　　我便会陪你细说心曲。

晚上，当你在黑漆漆的林荫道上
　　尽情畅饮夜的静谧，
要知道，此时此刻星星和白杨
　　会帮我用醉人的安逸抚慰你。

1　这首诗是写给未婚妻鲍特金娜的，当时她正在国外旅游。旅游回国后，她和费特在1857年8月结婚。

当你睡着了，在溶溶月色中，

　　风儿轻轻吹开你那薄纱蚊帐，

一个轻袅袅、亮晶晶的美梦，

　　会用翅膀驮着你飞翔，

而你，在广袤无垠的太空遨游，

　　不禁低声说出：“我爱你”，——

我就是这美梦，是我用看不见的手

　　轻轻晃动你那帐子。

1857年

我又一次来到你家花园……[1]

我又一次来到你家花园，
林荫路把我引到那个地方，
春天我们两人散步其间，
我们都还不敢畅所欲言。

怯懦的心儿多想尽情
倾诉希望、惶惑、不安，——
可当时树木很少林荫，
嫩叶似乎有意把我们为难。

而今花园已遍地浓荫，
就连青草也清香四溢；
然而这里却多么寂静，
悄无人声，令人悲戚！

晚霞中只有一只夜莺，

1　这首诗也是写给在国外远游的未婚妻鲍特金娜的。

躲在黑暗中怯怯呜咩，
树荫下面的那一双眼睛，
却早已遍寻而不见。

1857年6月

在这美好的日子，心灵渴盼……[1]

在这美好的日子，心灵渴盼
进入那爱、善、美的世界，
回忆在我面前不断闪现
　　种种非人工所创造的奇绝。

跪在心爱的幽影前，
祈祷的热泪使我心灵复活，
我又因你浑身颤抖，心花怒放，
　　但我什么都无法向你诉说。

而甜蜜的秘密使我心旌摇荡；
等到尘世的生命溘然长逝，
温顺而忧伤的天使将对我传扬
　　你那充满柔情的名字。

1857 年

1　据俄国学者考证，这首诗是为拉兹契而作。

罗马帝国宫殿的废墟

望着常春藤寂寞地盘绕着的这一堆垃圾，
望着这静寂寂、暗幽幽回廊的圆拱，
我血管里的热血奔流得更迅疾，
　　心脏在胸膛里也跳得更迅猛。

但愿我周围这一大堆沉甸甸的垃圾，
从尘土重又变成神庙，宫殿，
珍贵豪华的列柱再次闪耀金碧，
　　死去的人们重新复活于人间。

广场上又沸反盈天，妇女成群，
鲜花环绕的神圣教堂又燃起点点烛光，
金色马车又辚辚驶出新建的宫门，
　　飞奔那朝思暮想的山岗。

不！不！不要欺骗我慌乱的心灵，
虽然我不敢说："你并不伟大"，
但罗马，我扬扬得意，你卑微又悲情，
　　此刻正趴伏在我的脚下！

残酷无情的奎里斯[1]，我憎恨你们，
因为你们在人世只看见你们自身，
甚至在那血流成河的场景，
　　我也看见缪斯在诅咒你们。

你们枉自咿咿呀呀地学说希腊语：
这神秘语言的真义你们却没识透，
全世界的刽子手，你们竟朝自己的老师
　　高举起自己那冷酷无情的手。

你们有了巨大的力量便胡为不休——
而今却为何孤凄凄地默不作声？
冷酷的罗马，你就像一头衰老的猛兽，
　　你成了自己那野蛮力量的牺牲。

你那华丽的服装早已被撕得粉碎，
废墟在朝雾蒙蒙中默默无语，

1　奎里斯是古罗马享有完全权利的公民的正式名称。

卡墨奈[1]决不会洒下悼念的热泪，

面对你冷酷残暴的无知之辈的尸体。

1856—1858年

1 最初是罗马神话中的喷泉女神，善预言、能治病，后来成为保护艺术的文艺女神，相当于希腊神话中的缪斯。

小　　鱼

太阳下暖融融的。春天
　　在行使自己的权力；
深深的河底清澄可见，
　　到处都是水草萋萋。

河水冰凉，一片澄澈，
我注视着水面的浮漂——
我看见小鱼在逗弄着鱼饵，
　　是那么顽皮而灵巧。

这小鱼全身如银，
　　浅蓝色的背脊，
大珍珠般的两只眼睛，
　　深红色的尾鳍。

它在水底时动时静，左顾右盼，
　　瞅准机会——一口把鱼饵叼住。
哎哟，只见银光一闪，
　　它就躲进了黑暗深处。

瞧，它那调皮的目光，

　　又在不远处闪耀，

等着瞧，这次你一定上当，

　　你会马上在劫难逃。

1858年

鲜　花[1]

畜群的叫声从田野随风飘传，
红胸鸽在灌木丛中歌声嘹亮，
从那繁花似雪的苹果园，
流溢出阵阵甜蜜的芳香。

朵朵花儿带着热恋的忧伤凝视，
清纯无瑕，仿如新春，
粉红的果实洒落粒粒种子，
轻扬起点点馥郁的粉尘。

百花的姐妹，玫瑰的女伴，
请面对面地看着我的双眼，
让那令人生气勃勃的梦幻，
带着歌声播种在我的心田。

1858 年

1　俄国学者嘉丽娜·阿斯纳诺娃认为，这首诗与鲍特金娜有关。

积雪的街道上
脚步声吱吱响……

积雪的街道上脚步声吱吱响，
　　远方闪烁着火星点点；
冰封雪冻的墙壁上，
　　片片水晶银光闪闪。

银白的绒毛一缕缕
　　从睫毛挂上眼睛；
寒冷夜晚的静谧
　　占据了整个心灵。

风已沉睡，一切默无声息，
　　到处笼罩着一片寂静，
严寒中，清新的空气
　　怯怯地长叹一声。

1858年

我们在唯一的林间小路行走……

我们在唯一的林间小路行走，
　　天已向晚，暮色苍茫。
我看到：随着阵阵神秘的颤抖，
　　西方渐渐暗淡无光。

在分别时想要说点什么，——
　　但心事谁又能懂得；
对他的麻木迟钝又能说什么？
　　能说什么？

杂乱的思绪漫漫飘飞不定，
　　心灵在胸膛里泣不成声，——
但很快夜空中将挂满钻石般的繁星，
　　请稍等一等！

1858年

昨晚，我走进灯火辉煌的大厅……

昨晚，我走进灯火辉煌的大厅，
很久以前我和你就在这里相识。
你又飘然出现！我深感羞窘，
情不自禁地默默低下头去。

在沉沉的黑暗中，我刚刚
分辨出往昔惊慌的意识，
便窃窃私语着炽烈的愿望，
并脱口说出一些疯狂的话语。

为熟悉的曲调所苦恼，我悄然站住，
你的眼里满蕴情意，绽开鲜花——
似乎，可爱的声音就从那里飞出，
你温柔地低声问我："你怎么啦？"

啊，这声音，这芬芳，
我觉得——头脑里燃炽起情意，

我低声细语着疯狂的热望，
嘟嘟囔囔着狂热的话语。

1858年

不，你不要等待热情的歌儿……

不，你不要等待热情的歌儿，
那是含混不清的梦呓，
　　心弦疲惫的音响；
但却充满忧伤的苦痛，
这些音响轻轻吹动，
　　催人进入温柔的梦乡。

突然袭来一阵响亮的歌声，
突然袭来，悦耳动听，
　　散入晴朗的碧霄，
我像孩子一样倾听它们，
它们说些什么——我却不知所云，
　　我也无须知道。

暮夏，在卧室的窗前，
忧伤的树叶细语喃喃，
　　无言地喃喃细语着；
随着白桦细细的沙沙节拍，

紧靠床头，低垂着脑袋，

　　我进入了梦的王国。

1858年

晚霞正在告别大地……

晚霞正在告别大地，
暮霭笼罩了山谷底，
瞧那森林淹没在烟雾里，
林梢星火熠熠。

光线悄悄悄悄地暗淡，
终于完全融入黑暗！
树木头戴华丽的花冠，
兴会淋漓地沐浴其间！

一切更神秘，更硕大无朋，
它们的阴影不断扩大，扩大，仿如梦境；
它们那淡薄的轮廓袅袅上升，
就像晚霞那样轻盈。

似乎感觉到双重生活，
而且还在加倍地罩笼，
既感谢故土的恩德，
又顾念天空的盛情。

1858年

钟　声

夜色沉寂，好似没有形体的幽灵，
暖意融融的空气也哑默无语；
突然间“当当”响起一阵钟声，
闪电般瞬息即逝。

在这夜的静谧里，
是什么在飞驰，在波动，
远远近近，这里那里，
搅扰着森林的清梦？

白天是不是它在我的花园，
五彩缤纷，细若游丝，
但又似隐约可见，
在窗下的花蕊间穿移？

1859年

仿佛火红的阳光……

仿佛火红的阳光，林中燃起篝火熊熊……
　　刺柏瑟缩着，噼啪作响；
云杉林随风晃荡，满脸通红，
　　仿若一群醉醺醺的巨人齐声合唱。

我竟然忘了这是寒飕飕的夜晚——
　　温暖深入骨髓，直透心底；
惶惑不安倏然消失不见，
　　好似火星飞进这团浓烟里。

早晨，尽管这浓烟越来越低越来越淡，
　　在灰烬上孤独凄凉地慢慢消散，
微火还会无精打采地继续阴燃
　　很长时间，直到很晚很晚。

白昼也会无精打采地闪着微光，
　　浓浓云雾中看不见任何东西；
冰冷的灰烬旁只有一个弯曲的树桩，
　　黑乎乎地独自兀立在空地。

可到了阴沉沉的夜晚，又会燃起篝火熊熊……
　　刺柏又会卷曲瑟缩着，噼啪作响；
云杉林又会随风晃荡，满脸通红，
　　仿若一群醉醺醺的巨人齐声合唱。

1859年

梦　境

我做了个梦，梦见自己长眠不醒，
梦见自己沉醉于梦境中悄悄死亡；
这梦既奇妙，又温馨，
不禁唤起了我一丝希望。

我等待着幸福，什么样的幸福——自己也不清楚。
突然传来一阵钟声——于是一切都彰明昭著；
我的心豁然开朗，我恍然大悟：
幸福就在这钟声里。——这就是幸福！

这钟声比大地上的一切声音
都更清脆，更纯净，更甜蜜；
我感到——随着这钟声的伴行，
我被颠颠簸簸地送到遥远的墓地。

我既兴高采烈，又强压苦痛，
我想欠身起来，哪怕再呼吸一次，
然后在这兴会淋漓的阵阵声浪中，
疾驰向远方，湮没在茫茫的黑暗里。

1859年

又君临了，那神秘的力量……[1]

又君临了，那神秘的力量，
又是那无形的翅膀
给北方驮来了融融温暖；
一天比一天更加明亮，
森林的树木沐浴着阳光，
一天天更加郁郁苍苍。

朝霞挥洒着盈盈红光，
白雪皑皑的山坡上

---

1 谢尔盖·利沃维奇·托尔斯泰在回忆录《往事随笔》中谈到，列夫·托尔斯泰认为这首诗“整首都很美，特别是以下这些诗句：
在大理石般的天穹下面，
带着欢快的轰隆飞扑向前。

那边，在宽广的田野上，
大河辽阔浩荡仿若海洋，
水面比镜子更明亮灼烁，
有一条小溪潺潺汇入河心，
带来一块块冷冰冰的浮冰，
仿若一群群洁白的天鹅。”

轻笼一层迷幻的嫣红；
森林依然沉睡未醒，
但鸟儿们欢快的歌声
已越来越响亮动听。

一条条小溪弯弯曲曲地流淌，
彼此呼应，哗哗作响，
急急流进回声响亮的山谷间，
谷中那汹涌澎湃的波浪
在大理石般的天穹下面，
带着欢快的轰隆飞扑向前。

那边，在宽广的田野上，
大河辽阔浩荡仿若海洋，
水面比镜子更明亮灼烁，
有一条小溪潺潺汇入河心，
带来一块块冷冰冰的浮冰，
仿若一群群洁白的天鹅。

1859年

白　杨

花园沉默了。我以郁悒的目光
环视四周，心中阵阵隐痛；
最后一片树叶已在脚下横躺，
最后一个灿亮的日子也已不见踪影。

只有你独自屹立在死寂的草原上，
我的白杨，隐忍着致命的重病，
片片树叶依然随风瑟瑟颤响，
像朋友一样，向我絮语着春意葱茏。

一任秋天日复一日越发阴暗，
腐臭的气息在空中四处飘荡，
而你把高高的树枝直指蓝天，
孤傲地挺立着，怀念温暖的南方。

1859 年

一札旧信[1]

久已遗忘的旧信，蒙上了一层细尘，
我眼前又浮现出那珍藏心底的笑靥，
在这心灵万分痛苦的时分，
倏然复活了久已沉埋心底的一切。

眼里燃烧着羞愧的火焰，又一次
面对这无尽的信任、希望和爱情，
看着这些充满肺腑之言的褪色字迹，
我热血沸腾，双颊火红。

我心灵的阳春和严冬的证人，
在无言的你们面前，我确有罪过。
你们依然如此亮丽、圣洁、青春，
一如我们分手的可怕时刻。

而我竟听信那背叛的声音，
似乎在爱情之外还有别的幸福！——

1　这首诗写的是对拉兹契的忏悔之情。

我粗暴地推开了写下你们的人，
我为自己判决了永久的离分，
冷酷无情地奔向遥远的道路。

为何还像当年那样动情地微笑着，
紧盯我的双眼，细细倾诉爱情？
宽恕一切的声音无法使灵魂复活，
滚滚热泪也不能把这些诗行洗净。

1859年

还有一棵金合欢……[1]

还有一棵金合欢，
繁花似锦，压弯树枝，
在春天的凉亭上遮覆，
使芳香的穹窿圆形支离。

炎热的微风轻轻吹拂，
我们并肩坐进树荫，
我们面前是一片沙土，
白昼的金黄到处缤纷。

每一棵树都有蜜蜂嗡嗡往来，
心灵沉醉于融融幸福，
我浑身颤抖，唯恐你的表白，
不会从胆怯的嘴唇飞出。

远处，鸟儿的歌声汇成合唱，
春天在草原上如风奔驰，

1 俄国学者认为，这首诗是“拉兹契组诗”之一。

你细细的睫毛尖上，
闪亮着羞窘的泪滴。

我正想开口——但突然
传来一阵吓人的扑棱声响，
一只野鸟，飞绕一圈，
轻轻落到你的脚旁。

我们怀着爱的羞怯，
竭力屏住自己的呼吸！
我觉得，你眼波轻曳，
似乎乞求它不要离去。

无论对什么说“再见”，
都会深感惘然若失，
长翅的客人目光闪闪，
望着我们，正想飞离。

1859年

大海和星星

我俩一同观赏夜晚的海洋，
在我们脚下深渊环抱着礁石；
远处，沉寂的波浪闪着银光，
而掉队的云彩在天空飞翔，
夜晚身着星星衣，美丽无比。

欣赏这两重运动的自由酣畅，
梦幻忘却了僵死的陆地，
从夜空，从夜晚的海洋，
仿佛来自那遥远的故乡，
一股心旷神怡的力量吹进心里。

人世那一切令人苦恼的仇恨，
我俩很快按各自的方式忘记，
仿佛海洋已催眠得我睡意沉沉，
仿佛你已完全消除了心中的苦闷，
仿佛星星已彻底俘虏了你。

1859年

你双眼中的熊熊火焰……

你一双眸子中的熊熊火焰，
一整天已烧得我筋疲力尽，
强忍疲惫，我却不敢
抬起头凝望你的眼睛；

可没有你，又惊惶地深感
愁肠百结，地暗天昏，
每时每刻我都在等待红霞初现，
并反复念叨：你快快现身！

1859年

如果你爱我像我那样情深似海……[1]

如果你爱我像我那样情深似海，
如果你也把爱视同呼吸当作生命，——
请把你的手随意放到我胸口上来：
你会清楚地感到我那心脏的跳动。

啊，无须计数！它跳动得如此奇异急骤，
每一次心跳都充满了对你的深情；
恰似那富有疗效的温泉水流，
咕咕冒泡，热气腾腾。

请你畅饮，投入这欢乐的时分，——
无上幸福的战栗将紧抱你整个心灵；
请你畅饮，无须用追根究底的目光询问，
心灵的激情是否会很快干涸变冷。

1859年

1　俄国学者嘉丽娜·阿斯纳诺娃认为，这首诗与费特妻子鲍特金娜有关。

树叶静默，繁星闪耀……

树叶静默，繁星闪耀，
就在这一时分，
我和你一同把星星远眺，
它们也在凝望我们。

此时整个天空都在注视
这包孕万有的心胸，
可究竟有什么东西，
深藏在这胸中？

在所有生命中保存
和唤醒力量的一切，
悄悄地离开人们
遁入坟墓的一切，

全都比星星更纯洁，比黑夜更令人胆寒，
比黑暗更恐怖，
我们彼此对视一眼，
说出这一番感悟。

1859 年

大丽花

昨天，已经夕阳西落，
我走进你的大丽花丛里，
它们中的每一朵，
都像艳丽宫女亭亭玉立。

如此热情似火或懒懒洋洋，
低垂着丝绒般的睫毛，
既快乐，又自傲，也忧伤，
脸上处处挂满了微笑。

显然，在温和的宁静之怀里，
它们的幻想无尽地怒放，
而现在它们烧焦般兀立，
被毁于清晨的严寒。

可往昔神秘的魅力，
也从它们身上浮现，
在无言的枯萎里，
仿佛有谁在对我羞愧地抱怨。

1859年

在庄稼的热浪中
黑麦已经成熟……[1]

在庄稼的热浪中黑麦已经成熟，
从一片庄稼地到另一片庄稼地，
刁钻古怪的风频频地驱赶出
一阵阵金灿灿的战栗。

月亮怯怯地定睛细看，
惊讶不已：白天尚未离开，
就在黑夜的领域里面，
白天广阔地大敞胸怀。

在没完没了的庄稼收割季，
在日落和日出之间，
天空只在一霎时，
闭上自己那喷火的巨眼。

19世纪50年代末

1　这首诗选入当今俄罗斯的中小学教材。

雨中的夏天

天边没有一丝云彩浮动，
雄鸡的惊叫却透露了暴风雨的消息，
远处传来的嘀嗒钟声，
好似蓝天洒下的泪滴。

就像密密覆盖的倒伏草儿，
田野的麦穗不再轻轻摇晃，
而厌烦了雨水的大地，
再也不敢轻易相信太阳。

在潮湿而敞亮的屋顶下，
闲得无事叫人忧烦，
一把镰刀折断了刀把，
刀刃在墙角锈迹斑斑。

19世纪50年代末

我等待着。新娘王后……

我等待着。新娘王后
又一次君临大地。
清晨的绛袍红光幽幽，
你以百倍的补救，
酬还贫乏的秋天掠走的东西。

你遍巡大地，战果辉煌，
众神喃喃细语着个中秘密，
新坟上鲜花怒放，
一种无意识的力量，
在欢庆着自己的胜利。

1860年

你说得对：我们正在变老……

你说得对：我们正在变老，冬天正在进逼，
不知是谁妨碍我们节日欢庆，
一只无形的手正在把我们黑鬒鬒的发丝，
染成银白并且慢慢拔净。

我们在路上疲于奔命，我们比别人更温顺，
飞扬的苦难却直扑我们；
我们无能为力，面对这群
激情四射的疯狂年轻人。

也罢！难道我们来这世上走上一遭，
只是为了长吁短叹，看夕阳西落，
曾几何时，爱情的火焰把我们灼烧，
曾几何时，我们又为失去的爱情而悲歌？

不，我们不会过时！我们
有权把每一个日子标上白线，
孤苦的缪斯正忙着回应，

我们夜里发出的呼唤。

为何拷问命运？也许在帕尔卡[1]之手，
我们的生命之线并不长！
好在赫柏女神[2]给我们的美酒，
芬芳四溢，甘甜起沫，让人激昂。

和从前一样，我们心灵深处仍有
美好的情感之火在烈焰腾腾，
所以，干杯吧，我们亲爱的歌手，
为艺术而艺术就在其中。

1860 年

1　古罗马神话中的命运女神，是姊妹三人，相当于古希腊神话中的摩伊拉。
2　古希腊神话中的青春女神，也是奥林匹斯山诸神的斟酒官。

小蝴蝶对小男孩说

朵朵花儿频频朝我点头，
　　灌木也用芳香的树枝把我招呼；
为什么只有你无止无休
　　用小小丝网把我追捕？

鬈发的男孩，五月的宠儿，
　　这五月正繁花似锦，
请允许我和喜洋洋的太阳嬉戏，
　　把仅仅一天的生命欢乐畅饮。

别忙，太阳已在遥远的西方消失，
　　它的余晖也已一丝不留，
就在这神秘时刻我会掉进小溪，
　　潺潺溪水将把我带走。

1860年

当岁月使我们相互分离……

当岁月使我们相互分离，
生活变得严酷而又绝望，
我的内心深处就越发珍惜
我们共处的转瞬即逝的时光。

我的天使，每当看见——
透过你那丝绸般的睫毛，
你那蓝汪汪的双眼，
我便忘却了岁月的艰辛烦恼。

我无力制服忌妒的频繁闹腾，
也难以掩藏我的满腹忧伤——
对于你这少女的一腔柔情，
我不愿在世人眼中留下遗憾！

但你那未曾实现的幻想，
我知道，生活并未回应，
它们那欢欣鼓舞的永恒殿堂——
仅仅只诗人那一颗心灵。

1861年

致一棵幼嫩的橡树

昨天我以热忱的双手，
把你的根托付给大地，
从此一个愿望高踞心头，
——密切关注你的生机。

诗人栽种的小橡树啊，
请记住我的临别赠言：
快快从地上长起来吧，
年复一年，直插云天！

铮铮枝柯，钢筋铁骨，
你永永远远豪兴遄飞，
你把果实存留给猪，
而把美奉献给人类。

1860年至1862年

多么忧伤！林荫路的尽头……

多么忧伤！林荫路的尽头
从一早又迷失在尘雾里，
一条条银光闪闪的长蛇，又
经过雪堆，在漫漫游移。

天空中再也看不到一星蔚蓝，
漫漫草原上平溜溜，白茫茫，
只有渡鸦艰难地奋翅向前，
独自挺身与暴风雪相抗。

心灵里依然是漫漫长夜，
和四周一样，遍布严寒，
思想倦慵地纷纷萎谢，
在僵死的劳动上方。

可心灵毕竟还有希望暗存，
只要可能，哪怕完全出人意料，
就会重新焕发青春，

就会重见可爱的故乡——

那里，风暴飞驰而过，
那里，炽热的思想纯洁无比——
美和春天繁花灼灼，
就是一目了然的献礼。

1862年

沿着春草萋萋的河湾……

沿着春草萋萋的河湾，
我骑着马儿慢慢前行，
春天的云彩倒映于河面，
映射出一片火红的云影。

从那解冻的片片田野，
清爽的薄雾袅袅升起，
朝霞，幸福，幻觉——
使我的心甜蜜盈溢！

面对这片金灿灿的影子，
我柔情满怀，心潮激荡！
我的心多么希望紧紧偎依
这些转瞬即逝的美之幻象！

1862年

好似晴朗的夜一片明澈……

好似晴朗的夜一片明澈，
好似青春永恒的星星，
你的双眼灼灼燃烧着
万能的、神秘的幸福憧憬。

它们那七彩斑斓的光线，
把或远或近的一切拥抱，
人类，野兽，礁岩，
一切都被神秘的极乐笼罩。

只有我，年轻的女王，
没有幸福，也没有安宁，
我的心就像被俘的鸟儿一样，
无翅的歌儿在痛苦地骚动。

1862年

致费·伊·丘特切夫[1]

诗人，我把你奉若神明，
我恳请你，向你敬礼：
请随信惠赐你的肖像一帧，
它出自阿波罗的手笔。

你那奔放不羁的想象，
早已使我神魂颠倒，
在我心里早已深藏
你那亲爱的面影和风貌。

我一个劲儿地反复诵读你的诗歌，
也许会使你的诗神烦煞，
可你那无比珍贵的诗册，
我那贪婪的双手总难放下。

我这永恒之美的崇拜者，

---

1 费·伊·丘特切夫（1803—1873），俄国19世纪著名的哲理抒情诗人，开创了俄国诗歌史上的“哲理抒情诗派”。

早已听凭命运，随遇而安，
而今，我只有一个请求，
希望你时时刻刻出现在我面前。

诗人，这就是我为何心急欲狂，
我恳请你，向你敬礼：
随信惠赐你的一帧肖像，
它出自阿波罗的手笔。

1862年

无须躲避我……

无须躲避我，我不会用滚滚泪珠，
也不会用隐藏着痛苦的心哀求你，
我只想听凭满腔忧愁的摆布，
只想再一次对你说："我爱你！"

我只想迅飞疾驰到你身边，
就像在浩瀚海面奔驰的波浪，
去亲吻那冷冰冰的花岗岩，
吻一吻——然后就死亡！

1862年

昔时的声音，
带着往日的幸福……

昔时的声音，带着往日的幸福
　　和青春时爱情的动人力量！
生活中诱发痛苦的一切事物，
　　在血液中燃起灼热的火焰！

旧时的歌曲，熟悉的歌喉，
　　纠缠不休的痛苦的梦！
恰似柔情的幻影挥动苍白的手，
　　从黑暗中频频把我招引。

任心灵沸腾着热血滚滚，
　　任双眼充满热泪淋淋！——
旧时的歌曲，在我耳边飘萦，
　　好似慈祥的奶妈在枕边歌吟。

唱吧！别慌乱！让旧日的时光
　　绽放成漫天亮丽的朝霞！

也许，病痛的心灵会平静安康，

像孩子般在摇篮里沉沉睡下。

1862年

明镜般的皓月
在广渺的碧空飘浮……

明镜般的皓月在广渺的碧空飘浮，
草原的青草浑身缀满夜露一颗颗，
话语断断续续，心儿又迷迷糊糊，
长长的影子在远处的山谷里隐没。

在这夜晚，一切都漫无边际，欲望无穷，
种种朦胧的渴求都长出了翅膀，
我真想带着你漫无目的地飞行，
离弃不真实的幻影，带走银色月光。

我的朋友，为何沉溺于重重忧伤？
为何不忘却，哪怕暂时忘却这难忍的痛苦？
颗颗露珠在草原的青草上晶莹闪亮，
明镜般的皓月在广渺的碧空飘浮。

1863年4月11日

灿烂阳光更低地直照……

灿烂阳光更低地直照，
亮澄澄的遥远天垠，
一缕缕蒸汽在漫飘；
枝繁叶茂的绿森森的树林，
请为我敞开你的怀抱！

为了使滚烫的脸和火热的胸，
能吹到你那凉冰冰的气浪，
为了使我也能甜蜜地歇上一阵；
让我用嘴和目光贪婪啜饮
那树根旁边的淙淙清泉！

为了让我也能消失在林海滔滔，
隐没在香馥馥的树荫，
那里伸展着密丛丛的枝条；
枝繁叶茂的绿森森的树林，
请为我敞开你的怀抱！

1863年

我胸怀温柔的心愿……

我胸怀温柔的心愿，
在深夜寻找一颗星星！
我多么喜爱它那闪光，
钻石一般晶亮冰莹！

哪怕是黎明，尽管只一瞬间，
它在飘过的绵绵流云中倏然出现，
它是那样永恒，那样抢眼，
独自在高天微光闪闪。

在辽阔的草原，在宁静的河湾，
从夜间那明镜般的海面上，
它对着我的眼睛晶光闪闪，
满含爱情、关怀和挂念。

然而它那晶莹的光线在任何地方
都没有引发我如此多的静思默想，
一如你家花园里你家池塘边
千万枝绿丝条轻垂的杨柳旁。

1863年

昨天，在阳光中满怀慵倦……

昨天，在阳光中满怀慵倦，
树林就像最后一片树叶颤动，
好似铺上了一层天鹅绒地毯，
秋播作物的幼苗绿意茸茸。

像往常一样，骄傲地注目
严寒与梦幻的牺牲品，
那不可战胜的松树
一如既往，郁郁青青。

就在今天，夏季突然消逝，
举目尽是一片苍白和萧条。
大地和天空的一切，都已
罩上一层暗淡的银白。

田野已无畜群，森林一片凄凉，
树枝光秃秃，青草无踪迹，
我不知道勃勃生长的力量
就藏在树叶钻石般的幻影里。

仿佛置身团团灰蓝的云雾里，
自由仙女从绿色王国，
使我们不可思议地迁移，
进入山顶的冰晶王国。

1864年

玫　瑰

在紫红的花圃旁，
五月的歌声清脆嘹亮，
大地又一片春色。
在白桦的绿荫中曲曲飞翔，
为了你，玫瑰女皇，
蜜蜂吟唱着婚礼的赞歌。

你看，你看！幸福的力量
敞开了你的明丽辉煌，
并以露水盈盈滋染，
广袤无垠，不可思议，
芬芳馥郁，美妙无比，
爱的世界就在我眼前。

假如雷霆之神命令
你在百花千卉丛中
绽放成最温柔的女神，
以便用无言的美
呼唤爱情，当春光明媚，

树林墨绿，天空蓝润——

无论是库普律斯[1]还是赫柏[2]，
都把天上的秘密藏在心窝，
让沉默氤氲在前额，
在这幸福时刻，鲜花盛开，
有了这激情如火的表白，
再无须给大地讲述什么。

1864年

1 库普律斯，古希腊神话中爱情女神阿芙洛狄忒的另一个名字，因塞浦路斯岛而得名。

2 赫柏，古希腊神话中的青春女神。

无题（原诗无题）

在一切头脑中时光的匀速流动较之别的任何东西都更能证明，我们全都沉浸在同一个梦中；并且，所有做这一个梦的人都是完整统一的生命体。

——叔本华

一

饱受生命折磨，又遭希望欺骗，
我的心灵在战斗中向它们屈服，
尽管我日日夜夜都合上了眼睑，
但不知何故我有时却猛然顿悟。

当秋日亮丽的长庚星形匿影消，
日常生活的阴黑就更显黑暗，
只有天空的星辰闪动金色的睫毛，
似在发出一声声亲切的召唤。

无穷的星光如此莹净，

茫茫太空也如此清朗，
使我透过时间直观永恒，
和你的火焰，世界的太阳。

热闹的宇宙祭坛香烟飞腾，
在星光的玫瑰上静静飘萦，
在它的烟雾里，好似在创作的梦境，
颤动着所有力量，梦见了整个永恒。

茫茫太空中飞驰的滚滚星浪，
每一道光线——有形和无形，
世界的太阳呀，都只是你的反光，
只是梦，只是瞬息即逝的梦。

宇宙的微飏中梦幻如烟飘逝，
我情不自禁地陶然沉醉，
在豁然醒悟中，在忘怀一切里，
我活得轻松，呼吸畅美。

二[1]

神秘夜晚的寂静和黑暗中，
我看见了亲切可爱的光焰，
草原上被忘却的坟墓上空，
熟悉的眼睛在繁星的闪烁中显现。

草儿一片枯萎，荒野充满忧伤，
梦是一口孤独的棺材伶仃落寞，
只是在天上，像那永恒的思想，
繁星金灿灿的光芒闪烁。

我梦见，你从棺材中冉冉升飘，
仿佛你从地上飞起一样，
我一再梦见：我俩风华正茂，
你望着我，还是从前那种眼光。

1864年

1 俄国学者认为，这首诗是“拉兹契组诗”之一。

我曾说：“等我将来有了钱……”

我曾说：“等我将来有了钱，
　　发了财致了富，
我要给你买副绿松石耳环，
　　再配上锦衣玉服！”

我时时刻刻都在欣赏你的姿容，
　　我在等候盼望——
可你整个冬天都怒气冲冲，
　　冷遇我的幻想。

直到这个五月的夜晚，
　　我才得偿夙愿，
仿佛美梦已真的实现，
　　我俩流连忘返。

多么美妙甜蜜！——
　　我把你的手握在手中！

草地上真有两颗绿松石，

两只萤火虫！

1864年

草原的早晨

朝霞以亮丽的火光，
点燃了东方的祭坛，
歌儿飞扬，声震霄汉：
“登基吧，白昼——光明之王。

“我们翘首期待！盛会难再啊！
叽叽喳喳的黑麦镶着花边，
芬芳的地毯横贯漫漫草原，
一直铺展到你的脚下！

“小麦珠光闪闪，
恭顺地低眉俯首，
就像新婚的皇后，
跪拜在君临天下的新郎面前。”

1865 年

你多么温柔……

你多么温柔，银色的夜，在我心中
一种无言而神秘的力量正花繁叶茂！
哦，振奋起来吧，让我战胜
这死气沉沉、灰心丧气的陈泥腐沼。

多美的夜！仿佛晶莹闪亮的露珠，
夜空竞相燃起跳荡的点点火星，
天穹漫漫伸展，好似无边的大洋，
大地沉睡着，海面般微光莹莹。

夜啊，我的心仿若坠落的六翼天使，
认出了带着不朽星星的生命之同类，
它为你的阵阵呼吸所激励，
正拟在这神秘深渊的上空奋翅疾飞。

1865年

春天的暴风雨已荡然无存……

春天的暴风雨已荡然无存，
鲜花烂漫的大地上空，
天穹的蔚蓝更加柔嫩，
团团的白云更加轻盈。

抛却大地那令人痛苦的浮尘，
完全沉浸于天穹的碧蓝深处，
在它那熊熊火光中化为灰烬，
这就像节日庆祝会令我幸福。

哦，我多么快乐地注视
那浓烟似的稀疏的薄云，
我庆幸，不会有任何东西，
能比它们更自由，更轻迅！

1865年

女浴者

河里顽皮的溅水声使我脚步停留。
透过幽暗的树枝，我在水面发现
她那快乐的面孔——在缓缓浮游，
我看清了她头上沉甸甸的发辫。

我一眼就认出了那白色的衣服，
心里深感羞窘而惊恐，
而美人儿，一双秀美的纤足
踏进平沙，扯下了透明的披风。

顿时她全部的美展现在我眼前，
全身羞怯地战栗。
羞涩的百合花的柔韧花瓣，
就这样在朝露上散发出凉意。

1865年

谁该头戴花冠……

谁该头戴花冠：美之女神
还是她在明镜里的盈盈映像？
当你对诗人神奇的想象感到吃惊，
他就会深感羞窘，惶惶不安。

不，我的朋友，神奇的是上帝的世界，
它能使一粒沙子也孕育生命，
你眼波一转就能表达一切，
可诗人却无法把它形容。

1865年

到处是滚滚乌云……

到处是滚滚乌云，而四方
一切都已枯焦，一切正在消失，
是哪一位大天使轻轻拍动翅膀，
扇来阵阵清风，朝我的庄稼地？

雨悬在空中，好似轻烟缕缕，
茫茫原野对雨的渴盼已成泡影，
只有那一道七彩的虹霓，
在我上空，横贯天庭。

安静吧，不知所措的诗人——
生命的汁液已降自天穹，
你一心等待的东西世上无存，
只有无功而获——才叫好运天成。

我——我是一无所能；
只有一个人，他强大有力，
在长空飞架起透明的彩虹，
并使云彩撒播下一片生机。

1866年

春天来临……

春天来临——万物都已苏醒，
它们一齐渴望着生机勃勃，
冬天那暴风雪的俘虏——心灵，
忽然间也不再瑟瑟缩缩。

昨天还无言的苦闷的万物，
已七嘴八舌，鲜花纷绽，
从伊甸园敞开的大门深处
蓝天的声声叹息随风飘传。

细碎浮云的远征多么幸福！
在莫名其妙的胜利喜庆中，
皮儿锃亮的树木的环舞
淡绿的轻烟一般飘动。

波光粼粼的小河放声歌唱，
像往昔一样，曼曼歌声从天而降，
那歌声似乎一个劲在宣讲，
一切创造——都只是过眼烟云。

微不足道的忧烦令人羞惭，

哪怕仅仅一瞬，它缠绕你的心灵，

在永恒之美面前，

怎能不歌唱，怎能不颂扬，怎能不崇敬？

1866年

致丘特切夫

春天过去了——树林渐渐深绿，
小河变得清浅，杨柳更加低垂，
炎阳，从高高的天宇，
使无风的田地深感疲惫。

被繁重的劳动支配的人们
又套上自己熟悉的犁，
由驯服的马或犍牛牵引
去翻耕干燥的田地。

但在嫩绿灌木的幽秘林荫，
一位春天的歌手大梦初起，
在午夜他的歌声如此清纯，
散发出某种超人间的气息。

劳动者充满甜蜜的骚动，
听到这春天的唯一的召唤！
在夜莺嘹亮的欢唱声中，
一片微笑把他们的梦儿轻染。

1866年

致伯爵夫人
С．А．托尔斯泰娅[1]

当你如此慷慨又如此温柔，
用目光向四周的人们致意，
你一下子便猛地全部赶走，
盘踞在我心头的凄凄戚戚。

在这里，在这穷乡僻壤，
一切都充满了你的魅力，
我明白，你道德高尚，
你的心灵纯洁无比。

尽管日常生活荆棘丛生，
可我的心变得幸福明亮，
因为你，因为玫瑰，因为星星，
并且为爱情的晚霞放声歌唱。

---

1 索菲亚·安德烈耶夫娜·托尔斯泰娅（1844—1919），著名作家列夫·托尔斯泰的妻子，颇有文学与艺术天赋，是费特诗歌长时间的阅读者和崇拜者。

虽然我的一生会日渐黯淡，了无踪迹，
但你的形象到处都会把我照亮；
在黑茫茫的天空和黑沉沉的水里，
星星也这样到处放射战胜一切的银光。

1866年

致伪诗人

当在你面前谈及
缪斯的宠儿，纯属偶然，
请你闭上嘴，低下头去，
就像在接受末日的审判。

去市场吧！那里肚子在叫嚷，
那里对于百眼的瞎子
较之歌手疯狂的奇想，
你那廉价的理性更有价值。

那里肮脏的破烂十分畅销，
在那潮湿而闷人的广场，——
出卖灵魂的奴隶，请你不要
走近缪斯和她们纯洁的殿堂！

以所谓人民思想为招贴，
你把卑微的诗行拖入尘垢，
你从未真正理解
高傲文字的自由；

你并未虔诚地飞进
那新鲜的烟雾中，
那里只有自由的歌和苍鹰，
在逍遥自在舍己忘身。

1866年

落日的余晖笼罩着群山……

落日的余晖笼罩着群山，
潮气和烟雾在山谷弥漫。
我带着秘密的祈求抬高视线：
“是否就要远离，这寒冷和黑暗？”

我望着屋顶被晚霞染红的坡面
那一个紧挨一个的舒适的鸟窝；
瞧，就在古老的栗树下边，
仿若忠实的星星，亲爱的窗户亮出了灯火。

究竟是谁用欺骗暗暗吓唬我：
“你的心灵是否像以前那样纯洁和青春？
如果在这红霞遍布的世界发生什么，
又笼罩的，既有黑暗也有寒冷？”

1866年

在被岁月折磨得痛苦不堪的心底……[1]

在被岁月折磨得痛苦不堪的心底，
有一座难以接近的圣洁殿堂，
那里一切都是不朽的，那是心花怒放时，
命运派送给我们的一个奖赏。

世界通往它那里的道路会荒寂——
不过在这无比纯洁的隐秘世界，
即使我的语言能通向那里，
为我指明道路，但它[2]终会枯竭。

告诉我，你是怎样第一次相见
就已触动我的心弦给我以抚慰？
昨天——哦，它已离我们多远——
生气勃勃的你是怎样走进我的心扉？

---

1 俄国有人认为，这首诗与拉兹契有关。
2 它指语言。

8

于是从今以后往往情不自禁，
在我那幸福美好的记忆里，
一个微笑更加柔情，
一颗爱情之星更加亮丽。

1867 年

暴风雨折断了毛茸茸的松枝……

暴风雨折断了毛茸茸的松枝，
秋夜痛哭着洒下一滴滴冰冷的泪，
大地没有一星灯火，寂寥的深空没有一丝星光，
狂风试图吹刮掉一切，溪流般哗哗的大雨试图
把一切冲毁。

不仅没有人！一切都没有！冰冷的床铺连梦都没有，
只有钟摆在笨拙又嘲弄地把时间标计。
你那自由的灵魂究竟是挣脱昏暗的烛光而飞走，
还是不幸的沉重躯体依旧留恋着大地？

啊，垂青的仙女，请微笑着走进这昏黑，
此时此刻我的生命融化，我要用这一刻来把它测量，
和谐、芬芳的话语滋养着双耳，
我不承认钟表时间，也不相信秋夜的哭声震天！

1869年

温　泉

你可还记得那一泓温泉，
它多么清澈，奔流似箭，
太阳的缕缕光线
　　在水底闪烁摇曳，
近旁的松林翠绿千重，
群山的顶峰白光闪动，
繁星倒映在水中
　　柔光烨烨。

它渐渐变浅，枯竭无迹，
似乎已钻入了大地，
只留下一滩淤泥的痕迹，
　　——一片淡红。
我满怀神秘的热忱，
久久久久地找寻，
渴望在山岩间找到这一脉莹润，
　　却徒劳无功。

突然一声惊雷滚过群山，

把四周的大地隆隆震撼，
我匆匆逃出摇摇欲坠的房间，
　　狂奔猛跑，
我回头一看——奇迹出现：
那股泉水钻穿了花岗岩，
又在一片深潭上高悬，
　　还热气缭绕！

1870年

五月之夜[1]

掉队的最后一团烟云，
　　飞掠过我们上空。
它们那透明的薄雾，
　　在月牙旁柔和地消融。

头戴晶莹的繁星，
　　春天那神秘的力量统治着宇宙。——
啊，亲爱的！在这忙碌扰攘的人境，
　　是你允诺我幸福长久。

但幸福在哪里？它不在这贫困的尘世，
　　瞧，那就是它——恰似袅袅轻烟。

1　托尔斯泰1870年5月11日致费特的信："我收到了您的来信。拆开信，我首先读完您的诗，不禁鼻子发酸：我跑到妻子那里，想朗诵给她听，然而感动的热泪使我无法朗读。这是一首罕见的诗篇，它不能增删或改动任何一个字。它本身就是有生命的，而且十分美妙。它写得如此出色，因此我觉得，这不是偶然的诗作，而是长久被堵塞的那股水流的初次迸发……整首诗都是那么妙不可言。"本诗是费特最好的诗作之一，据谢尔盖延科回忆说，若干年之后，他曾在托尔斯泰家中，当托尔斯泰朗读这些诗句时，"声音常被眼泪打断"。

紧跟它！紧跟它！紧跟它凌空御虚——

直到与永恒融合成一片！

1870年

秋　天

当闪闪发亮的蛛网
散布明亮白昼的丝线，
祈祷前的钟声从遥远的教堂，
飘送到农舍的窗前。

我们没有忧伤，只是惊惶，
为那冬日临近的嫩寒，
而逝去的夏日的音响，
我们领会得更加周全。

1870年

在窗旁

我低头俯首窗前，
满怀温柔的忧愁，
期盼你飘然出现，
我俩满雪原畅游。

可你匿迹于一片灿烂的森林，
躲在香蕉树闪亮的绿叶下，
在荒野青苔上的道道幽光中藏身，
隐形于喷泉那珍珠般的水花。

我看见一道山弯白光莹莹，
那里皑皑白雪扰乱你的脚步，
我发现一个水晶的岩洞，
那里却未为我留下一条通途。

你倏然走进，我看清了你的模样，
嘴角笑盈盈，眼里怒冲冲，
啊，冰花凝结的玻璃窗
悄悄提示的一切多么真实可信！

1871年

致普希金纪念碑

自由诗篇的光荣作家，
我们听到了你的祈祷，人民的朋友：
沙皇一声令下，便会升起朝霞——自由，[1]
红日东升，更将为你的青铜桂冠增添光华。

1871年

1 这句化用了普希金《乡村》一诗的最后四句："朋友们，我是否能看见——/人民不再受压迫，农奴制遵圣旨而崩塌，/在自由而文明的祖国长天，/最终是否会升起灿烂的朝霞？"

发出痛苦不堪而又徒劳无益的呼唤……[1]

发出痛苦不堪而又徒劳无益的呼唤，
你那纯净的光在我的面前熊熊燃烧，
它专横地唤醒了那无言的狂欢，
对四周的黑暗却根本无法清剿。

让人们尽情指责，兴风作浪，大吵大闹，
让他们说：这只是病态心灵的梦呓；
但我豪勇地迈开能在水上漂的双脚，
摇摇晃晃地行走在前赴后继的海浪里。

我借助你的光才得以偷度余生；
它属于我，你通过它给了我双重生命，
这是你亲手交付，而我大声欢庆，
哪怕只一瞬我也大声欢呼你的永恒！

1871年

---

1 据俄国学者考证，这首诗与拉兹契有关。

春天的月亮……[1]

春天的月亮，
在迷蒙的烟雾中飘荡。
苹果树和樱桃树繁花怒放，
花园里灿烂着一片芳香。
他紧紧偎抱，频频亲吻，
隐秘而又癫狂。
难道你不忧伤？
难道你不怅惘？

玫瑰花凋谢无遗，
夜莺痛苦不堪，歌声悲凉。
古老的岩石也在哭泣，
颗颗珠泪滴进池塘。
她不禁低着头，
垂下两条发辫。

1　列夫·托尔斯泰1873年5月11日致费特的信："您的短诗写得很美。这种新的、以前从未觉察到的由于美而产生的痛苦的感情，表现得非常出色。"

难道你不怅惘？

难道你不忧伤？

1873年

每当面对你浅笑盈盈……

每当面对你浅笑盈盈，
每当触到你秋波如醉，
我就把爱情的歌儿唱颂，
不是为你，而是为你那百看不厌的美。

据说每当日暮，夜的歌唱家，
就用一往情深的歌唱，
把芬芳花圃里的玫瑰花，
不知疲倦地颂扬。

这年轻的花园女王纯洁又娇媚，
却总是保持沉默：
只有歌才需要美，
而美却从来无须歌。

1873 年

亲爱的，你为何静坐……

亲爱的，你为何静坐，心事重重，
听而不闻，视而不见？
天早已大亮，然而在你的眼中，
我既看不见黑夜也看不到白天？

——恰似你在我的身旁，
顺手拆散了一串珍珠。
美妙的歌声飘进了我的梦乡，
几个歌词至今仍在烧灼我的心府。

我不禁再次搜寻那些歌词，
试图重新整理让歌声飘传，
啊，是的，你说得对极，
这歌声中暗藏对我的责难。

1875 年初

在繁星中[1]

纵然飞驰，也像我一样，屈服于瞬间，
奴隶呵，这是你们和我天生的命运，
但只要朝这闪闪发光的天书看上一眼，
我就能从其中领悟博大精深的意蕴。

你们就像哈里发们头戴钻石皇冠，
一片华光，却救助不了人世那可怜的贫寒，
又仿若象形文字，蕴含坚定不移的理想，
你们说："我们属于永恒，你却属于瞬间。

"我们无数，而你以极度的渴望，
徒然地追寻那思想的永恒的幻影，
我们在这茫茫漆黑中闪闪发光，
以便你拥有永恒白昼的光明。

1　托尔斯泰1876年12月6日致费特的一封信称赞本诗："这首诗不仅无愧于是您写的，而且写得特别、特别好，那种富于哲理性的诗，我总算从您这里盼到了。最妙的是繁星所讲的这些话。最后一节写得尤其精彩。"

“所以，当你在人世深感举步维艰，
你就会从黑暗而贫瘠的大地，
兴冲冲地朝我们抬头仰望，
凝视这华丽而明亮的天宇。”

1876年

致列·尼·托尔斯泰伯爵
——值长篇小说《战争与和平》出版之际

辽阔的大海啊，曾几何时，
你以自己那银灰色的法衣，
自己的游戏，使我心醉神夺；
无论波平浪静还是雨暴风横，
我都珍惜你那溶溶蔚蓝的美景，
珍惜你在沿岸礁岩上溅起的飞沫。

但如今，大海啊，你那偶然的闪光，
就像一种神秘的力量，
并不总使我感到喜欢；
我为这倔强刚劲的美惊奇，
并面对这自然的伟力，
诚惶诚恐地浑身抖颤。

1877年4月23日

夜色透亮……[1]

夜色透亮，花园里洒满盈盈月光，
客厅无灯，我们脚下却银光闪闪。
钢琴敞开着，琴弦像我们的心儿一样，
随着你的歌声在悠悠震颤。

你一直唱到黎明，筋疲力尽，泪如雨滴，
你是我唯一的爱情，我爱你忠贞不渝，
我只想这样生活——默默无语地爱你，
爱你，拥抱你，为你而悲伤哭泣！

多少个苦闷而枯寂的岁月都已逝去，
在这万籁俱寂的深夜我又听到你的歌声，
像当年一样，依然和着深深的叹息，

---

1 这首关于音乐和爱情的最美妙的诗，写的是塔季雅娜·别尔斯（1846—1925），她是托尔斯泰夫人索菲亚·安德烈耶夫娜·托尔斯泰娅的妹妹，也是著名长篇小说《战争与和平》中娜塔莎·罗斯托娃的原型。1866年5月的一个晚上，费特曾经听她歌唱。1877年，也就是11年后，费特再次听她歌唱（她这时已嫁给了库兹明斯基），深有感触，写下了这首诗。但俄罗斯网络上也有人写文章，认为这首诗是写给拉兹契的。

你是我整个的生命，你是我唯一的爱情。

只要能倾听到这如泣如诉的歌声，
爱你，拥抱你，为你而悲伤哭泣，
我就不再忧心如焚，也不再抱怨命运，
生命永恒无尽，从此别无所期！

1877年8月2日

第二自我[1]

你悄立在我的第一支歌中，
就像一朵百合在山溪里照影。
这儿可曾有谁获得了胜利？
是小溪胜了花儿？还是花儿胜了小溪？

你天真无邪的心应能完全理解
那神秘的力量让我传述的一切，
虽然失去你注定我一生孤凄，
但我们仍心魂相守，永不分离。

---

1 俄国学者布赫施塔布、迈明等认为这首诗写的是诗人对拉兹契的深情（详见［俄］布赫施塔布：《费特生平与创作概述》，列宁格勒，1974年版，第32页；［俄］迈明：《阿法纳西·阿法纳西耶维奇·费特》，莫斯科，1989年版，第38页），费特自己也在1879年2月3日致托尔斯泰的信中谈道："我现在有一个独身的青年时代的朋友——布尔热斯卡娅，她的信我曾经给您看过，她有时在我身上会激起往事的回忆，产生《第二自我》以及其他等。"这里指的是他青年时代是通过布尔热斯卡娅认识拉兹契的，这时因同她的交往而回忆起拉兹契，并创作了这首诗。但俄国也另有学者认为这写的是另一个女性，是诗人更早时期的一个神秘的恋人。托尔斯泰在1878年1月27日致诗人的信中写道："诗写得好极了！这首诗的特点，和你最近写的那些非常难得的诗的特点完全一样。这些诗都写得十分精致，而且诗中所蕴含的光辉会照得很远。"

你远方的墓草植根于我心灵深处，
心儿越老，草儿却越发青葱耀目，
我知道，当我有时仰望星星，
你也和我一起观看，并超凡成圣。

爱情自有语言，这语言万古常新。
一个特别的法庭在等待我们，
它将从人群中立即把我们辨识，
我们将一同出庭，永不分离！

1878年1月

你已脱离了苦海……[1]

你已脱离了苦海，我还得在其中沉溺，
命运早已注定我将在困惑中生存，
我的心战战兢兢，它竭力逃避
去把那无法理解的东西追寻。

曾有过黎明！我记得，我常常回忆，
那绵绵情话，朵朵繁花，午夜月华，
沐浴在你回眸秋波的亲切闪烁里，
洞察一切的五月怎能不怒放鲜花！

秋波已永逝——我不再恐惧大限临头，
你从此沉寂无声，反倒让我羡慕，
我不再理会人世的愚昧和冤仇，
只想尽快委身于你那茫茫的虚无！

1878 年

1 托尔斯泰1878年11月22日致费特的信：“您的诗像您所有卓越的作品一样，是一首写得非常美妙和可爱的诗。”这首诗也是因拉兹契而作。

死

“我想活！”他勇敢无畏，声如洪钟，
“哪怕被欺骗！啊，就让我受欺诳！”
他没有想到，这是瞬刻即化的冰，
在它下面却是无底的海洋。

跑？跑往何处？哪里是真，哪里是假？
哪里是双手可以依靠的支撑？
不管鲜花烂漫，还是笑满双颊，
潜伏在它们之下的死总会大获全胜。

盲人寻路，却徒劳地凭依
瞎眼的领路人导向，
如果生是上帝喧哗的集市，
那么唯有死才是他不朽的殿堂。

1878年

致布尔热斯卡娅[1]

远方的朋友，请理解我眼泪汪汪，
请原谅我沉痛的声声嘶喊。
关于你的朵朵回忆在我心中含苞怒放，
你的友谊永远是我的一片蔚蓝。

谁说我们不会好好生活，
谁说我们头脑空虚，麻木不仁，
身上不曾燃起善良和柔情之火，
更不会有一种献身于美的精神？

这是什么话？我们的心在熊熊燃烧，
一如既往，拥抱着这整个世界。
这徒然的激情！谁也不明了，

1　阿列山德娜·李沃芙娜·布尔热斯卡娅（1821—？）是一个不甚知名的诗人阿·费·布尔热斯基（？—1868）之妻。费特在乌克兰服役时，1845年夏天，在赫尔松他们的庄园里同他们认识。1868年布尔热斯基去世后，费特还保持同他家属的友好关系。他经常与布尔热斯卡娅通信，并偶尔会面。托尔斯泰在1879年2月15日致诗人的信中，称赞："这首诗写得好极了！"

为什么声音响起来，又马上寂灭。

啊，只有你，只有你的声音
从远方给我带来高尚的激情。
我容光焕发，精神振奋，
滚开吧，泪水淋淋的梦境！

不要用痛苦的叹息怜惜生命，
生和死算得了什么？
应该惋惜的是那照亮整个世界的流星，
它在夜间声声哭泣，飞速陨落。

1879年1月28日

深邃的苍穹又变得晴朗……

深邃的苍穹又变得晴朗，
空气中洋溢着春的芳香，
每时每刻，每分每秒，
新郎的脚步在翩然临近。

她躺在一具冰棺里沉睡，
在梦神的魅惑中全然迷醉，
沉睡着，静穆而冰凉，
好似中了魔法一样。

但春鸟会抖动翅膀，
拂去她睫毛上的冰霜，
于是严冬冷寂的梦幻里
滚落一颗颗晶莹的泪滴。

1879年

致布尔热斯基

又是春天！片片绿叶又颤动
在白桦枝头和杨柳梢端。
又是春天！你的面容
又在我的记忆中鲜活地浮现。

春天！春天！啊，它使人精神抖擞，
它教导我们坚信生命的力量！
我们善良的朋友，我们最好的朋友[1]，
已长眠在自己那鲜花环抱的墓园。

他说："你也该振作振作精神，
一个病人不能患上两种疾病。"
当你带着鲜花去坟上悼念亲人，
也请带去我对朋友的一片真情。

逝去的一切已不可复返，

---

1 指布尔热斯卡娅的丈夫、费特的好友布尔热斯基，他逝世于1868年。

未来，我们也难以指望，
虽然难免一死，但还得苟延残喘，
而苟延残喘，也就意味着任其自然。

1879 年

上帝，你在我慌乱的意识里……

上帝，你在我慌乱的意识里，
无比强大，不可思议，并非因为
在恒星灿丽的日子你那光明的六翼天使，
在浩瀚宇宙让庞大的星球火焰腾辉，

并且吩咐面孔被火光映红的死者，
必须严守你的法典，
用生气勃勃的光唤醒一切，
千百万年保存自己的火焰。

不，你对于我更是无比强大，难以捉摸，
是因为我自己，衰弱无力，转瞬即逝，
一如那六翼天使，胸有重荷，
火烧得比整个宇宙更猛烈，更亮丽。

其实我只是空虚浮华的俘虏任其主宰，
我只是它手中变幻无常的玩具，

一如你，它对于我永恒而无所不在，

无论时间，无论空间，它一概不知。

1879 年

永远别这样[1]

我已醒来。是的，棺材顶。
我用力伸出双手，并呼救。
是的，我记得临终
那些痛苦。是的，这并非梦中镜头！
我毫不费力，就推开
蛛网般的腐烂棺材盖，

站起身来。墓室入口的冬日阳光
是多么明亮！是否还会怀疑？
我看见了雪。墓室没把门装。
是回家的时候了。家人该多讶异！
我熟悉公园，应该不会迷路，
可是整个公园已变得迥异当初！

我奔跑。一个个雪堆。僵死的树林
那一动不动的树枝直插天河，
四处了无人迹，悄无声音。一切静音，

1　标题的意思是永远别落入像诗中抒情主人公这样的孤独情景。

恰似那童话里的死亡王国。
我来到自家。家已面目全非，损毁厉害！
我万般惊讶，垂下手来。

村庄在白雪覆盖下睡得正香，
已无一条小路，在一望无际的原野上。
没错，正是这样：在远处的山顶上，
我认出了带破旧钟楼的那座教堂。
恰似冻僵的行人，满身风尘雪霜，
它矗立在一碧万里的远方。

雪上既无飞禽，也无蚊虫。
我明白了一切：大地早已冰冷，
而且空无人烟。我究竟为谁珍重
胸中的呼吸？又是为了谁，死神
让我重回人间？我的意识
与什么有关？又有何意义？

无论身在何处，拥抱的都是空无，
那里茫茫空间吞噬了时间？
赶快回来吧，死神，赶快接住
生命最后那命中注定的重担。

而你，冻尸般的大地，快快飞腾，
裹挟着我的尸体一起步入永恒！

1879 年

我欢欣，当繁茂的常春藤……

我欢欣，当繁茂的常春藤
心里炽烈着春天的渴望，
清晨从大地的怀抱，轻轻
爬上阳台的石头围墙。

旁边，一窝稚嫩的小鸟
使劲扑扇，却害怕飞翔，
声声把忙碌的母亲呼叫，
使亲爱的树林陷身声浪。

我伫立不动，生怕惊扰母鸟，
莫非我对她心怀羡慕？
你瞧，她就在我手边的一角，
在那石柱上唧唧咕咕。

我真高兴：阳光灿丽，
她分不清我和石柱，
她扇动翅膀，飞来飞去，
在翔舞中把蚊蚋搜捕。

1879年12月12日

北风劲吹……

北风劲吹。草儿纷洒珠泪，
树枝怀念刚刚逝去的炎热，
刚刚睡醒的玫瑰，
年轻的心悄然紧缩。

绿树荫浓的花园满脸愁云，
忘记了嘹亮悠扬的歌唱，
只有夜莺以稍稍嘶哑的嗓音，
把胆怯的孩子呼唤到身旁。

热恋的梦幻早已月落星沉，
为何还要如此徒劳地苦痛？
忽然间玫瑰的一位恋人，
开始发出响亮而忘我的歌声。

再见，可爱的夜莺！
在这一瞬间我也将精力充沛，
对于我，你那最后的歌声，
比春天所有的歌声都珍贵。

1880 年

微不足道的人

我不认识你。我带着痛苦的哭喊
呱呱降生到你的世界。
人世生活的最初驿站，
对于我是那样痛苦又粗野。

希望透过婴儿的泪珠，
以骗人的微笑照耀我前额，
从此一生只是一个接一个的错误，
我不停地寻求善，找到的却只是恶。

岁月不过是劳碌和丧失的轮换交错，
（不全都一样吗：一天或许多时光）
为了忘掉你，我投身繁重的工作，
眨眼间，你又带着自己的深渊赫然在望。

你究竟是谁？这是为什么？感觉和认识沉默无语。
有谁哪怕只是瞥一眼致命的底层？
你——毕竟就是我自己。你不过是
对我注定要感觉和了解的一切的否定。

我究竟知道什么？是该认清宇宙事物的背景，
无论面向何处，——都是问题，而非答案；
而我呼吸着，生活着，懂得在无知之中
只有悲哀，没有惊险。

然而，即便陷入巨大的慌乱之中，
失去控制，哪怕只拥有儿童的力量，
我都将带着尖喊投入你的国境，
从前我也曾同样尖喊着离岸远航。

1880年

致普希金纪念碑

你的预言已经应验；
年老的羞愧看着你青铜的神韵，
呼吸顿觉轻松，而我们庄严
向世界宣告：你是天才！你是巨人！

但天使般的观看者，你纯洁神圣的声音，
是使人生气勃勃的爱情和自由的源泉，
听到我们的话语，我们巴比伦的叫喊，
你可在其中找到亲爱的秘珍？

这人世的集市，喧嚣而拥挤，
健全的俄罗斯理性孤儿般默无声息，
强盗，凶手和坏蛋穷凶极恶，

为了谁，这炉中瓦罐煎熬的意念，
谁敢无视你圣火正旺的神坛，
推开你稳若磐石的三角供桌？

1880年5月26日

这清晨，这欣喜……

这清晨，这欣喜，
这白昼与光明的伟力，
　　这湛蓝的天穹，
这鸣声，这雁阵，
这鸟群，这飞禽，
　　这流水的喧鸣，

这垂柳，这桦树，
这泪水般的露珠，
　　这并非嫩叶的茸毛，
这幽谷，这山峰，
这蚊蚋，这蜜蜂，
　　这嗡鸣，这尖叫，

这明丽的霞幂，
这夜村的呼吸，
　　这不眠的夜晚，
这幽暗，这床笫的高温，

这笃笃啄木声，这呖呖莺啼声，

这一切——就是春天。

1881 年

一颗亮星在群星中显现……

一颗亮星在群星中显现，
　　不停地剧烈颤动，
它发出钻石般的光线，
　　并且话出有声：

我们一齐戴着镣铐，
　　并非命中注定，
我们并不寻求也不需要
　　神的训示，和海誓山盟。

我们既不欣喜，也不伤悲，
　　我的爱！
但你是谁，我是谁，
　　我们对目一望，立即明白。

我们闪闪发光，意图
　　为沉沉暗夜照明，
我们寻找人间的幸福，
　　但并非来自芸芸众生。

1882 年

又一次……

又一次，啊，心灵又一次
听到春天那久违了的亲切召唤！
万物争先恐后，充满生气，
开始呼吸那新春的温暖！

解冻的土墩上青草闪着绿光，
伤感的凤头麦鸡在声声哭喊，
今天的第一声春雷轰隆震响，
扯断了掉队云彩那雪白的珠链。

1882年

东方的主题

可爱的朋友，该用什么来把我俩形容？
我们是两只冰鞋，在河面上唰唰飞滑，
我们是两个桨手，驾驶着破旧的木筏，
我们是两粒谷粒，住在同一狭小的硬壳中，
我们是两只蜜蜂，采撷着生活之花，
我们是两颗星星，闪耀在巍峨的苍穹。

1882 年

致缪斯

你光临寒舍。我喜忧交集，
反复吟诵着你温情的诗行；
我的才华在你面前不值一提，
但我的勤勉却在他人之上。

我竭尽全力把你的自由确保，
外行者从不许走近你的身边，
我也从不迎合奴隶式的狂暴，
决不允许他们玷污你的语言。

我敬慕的缪斯啊永远非凡，
你高居云天，尘世难见身影，
不朽的女神啊，头戴星冠，
你脸上浮现着沉思的笑容。

1882年

当我看见天空中燃起亮丽的朝霞……

当我看见天空中燃起亮丽的朝霞，
我就把我心中的秘密告诉它，
当我走到森林的清泉边，
我也把秘密对它轻语细言。

当繁星在夜空闪闪烁烁，
我也乐意整夜对它诉说；
只是当我见到你时，
不知为何什么话都说不出一句。

1882年7月13日

我满怀快乐的痛苦在你面前站立……

我满怀快乐的痛苦在你面前站立，
青春的心灵凝望着我的眼睛。
我的出现，是一种神差鬼使，
我身负神力，我带来天堂的音信。

此刻降临，并非尘世，也非偶然，
在其上空司空见惯的大雷雨多么无力，
但它使心灵永恒的秘密沉入梦乡，
我透过亮闪闪的泪珠看见你。

就在心灵和双手的颤抖中，
极度欢乐里被另一种力量降服，
声音里充满了快乐的苦痛，
这声音道出了想表达的幸福。

1882年8月2日

为何我和大家都融洽无间……

为何我和大家都融洽无间，
唯独同他仿佛隔着深渊？
为何一见到他我总想逃掉，
却又不能不处处把他见到？
为何当我快要见到他这人，
我似乎会觉得万物可憎？
为何当我跟他单独相对，
我会猛然对他挖苦怒怼？
为何？谁能把谜说透解清——
离开他后我竟会哭到天明？

1882年

肖 邦[1]

你倏然闪现，来到我面前，
我的心灵又开始抖颤，
听着这迷人的歌曲，
重温那份幸福，那份痛苦，
我感觉到你双手的战栗，——
　　你仍旧和我在一起！

无比幸福的时刻，伤心欲绝的时刻，
最后诀别的时刻，夕阳西下的时刻，
你依旧穿着那身单薄的衣裳，
亭亭玉立，低垂着眼帘，——
我根本不需要任何希求：
　　这个时刻——完全归我所有！

---

1 俄国学者苏霍京认为，这首诗是“拉兹契组诗”之一。肖邦（1810—1849），波兰19世纪著名作曲家、钢琴家，欧洲19世纪浪漫主义音乐的出色代表，被称为“浪漫主义钢琴诗人”。这首诗是怀念拉兹契之作，拉兹契很有音乐天赋，尤其擅长钢琴，其才华曾得到大音乐家李斯特的称赞，费特可能听她弹奏过肖邦的钢琴曲，因此本诗借肖邦借音乐而痛悼逝去的爱情。

你碰了碰我的手，
我的心猛地一抖；
远离那凶恶的悲伤，
我的思绪飞驰进过往，——
我在一切中，在一切中
　　熊熊燃烧，熄灭成另一种！

这神奇迷人的音乐，
就这样征服了顽固的世界；
让充满痛苦的心灵，
为战胜分离时刻而满怀欢欣，
而当乐声戛然而止——
　　心灵便破碎停息！

1882年

只有这世界上有……

只有这世界上有
　　打盹的槭树那密森森的篷帐，
只有这世界上有
　　童真的沉思的炯炯目光，
只有这世界上有
　　美丽的头饰，分外芳香，
也只有这世界上有
　　这样的分头，精致地偏向左方。

1883年4月3日

秋　天

静寂寂又寒凛凛的秋天，
阴沉沉的日子多么凄清！
它们带着郁闷的倦慵，
请求进入我们的心房！

但有些日子也这样：
秋天在金叶锦衣的血里，
寻觅炽热的爱的游戏，
寻觅灼灼燃烧的目光。

羞怯的哀伤默默无语，
只听见一片挑衅的声音，
如此华丽地全然消殒，
已没有什么需要怜惜。

1883年

声音尖细的鹭鸶……

声音尖细的鹭鸶从巢里振翅疾飞，
最后几滴露珠从绿叶上悄然滑坠，
太阳，从晶蓝透亮的天空，
以静谧的光流把森林密密遮笼。

心中的忧烦顿时散入云霄，
看，人们又纷纷露出微笑；
是春天冲破了严冬的藩篱？
还是我心中的太阳已高高升起？

1883年

题丘特切夫诗集

这一份步入美之殿堂的通行证，
是诗人把它交付给我们；
这里强大的精神在把一切统领，
这里盈溢着高雅生活之花的芳馨。

在乌拉尔一带高原看不到赫利孔山[1]，
冻僵的月桂枝头不会五彩缤纷，
阿拉克瑞翁不会在楚科奇人中出现[2]，
丘特切夫决不会成为兹梁人[3]。

但维护真理的缪斯
却发现——这本小小的诗册
比卷帙浩繁的文集
分量还沉重许多。

1883年12月

---

1 赫利孔山，古希腊神话中司文艺的九位缪斯和阿波罗居住的圣山。此句及以下的三句均比喻不可能的事情。

2 阿拉克瑞翁，古希腊诗人。楚科奇人，俄国少数民族。

3 兹梁人，科米人的旧称，俄国少数民族。

你应该学习白桦，学习橡树……

你应该学习白桦，学习橡树，
隆冬时节，严寒酷烈！
它们那徒劳的泪水已经凝固，
树皮也在栗栗颤抖中爆裂。

暴风雪越来越凶狠，
狂怒地要把仅存的树叶扯光，
残暴的酷寒也在追捕灵魂，
树木矗立，默默无言；你也该同样！

可要相信春天。春光飞降，
又会暖意融融，生意盎然。
为了新的启示，为了美好时光，
悲伤的心应学会熬受磨难。

1883年12月31日

燕　群

大自然之闲逸的观察者，
我喜欢忘怀周围的一切，
凝视箭一般的燕子振翮
在傍晚的池塘上空飘然飞掠。

瞧它疾飞而过，留下道道弧线——
深恐某种异己的自然力量，
从那玻璃般平静的水面，
捕捉住闪电般的翅膀。

又一次同样的勇敢，
又一道同样的黑线，——
万物之灵的我的灵感，
难道不也是这般？

生命易逝的人，我不也如此，
勇猛奔闯在禁止通行的道路，
渴求舀取哪怕仅仅一滴
超现实的陌生的自然元素？

1884 年

鹌　鹑

愚蠢的鹌鹑，你看，
一只山雀就在你身边，
它已完全习惯于铁笼，
安安静静，神态悠然。

可你却总是把自由渴想，
用脑袋往铁笼上猛撞，
你不见，那铁柱上
紧紧绷着一张网。

小山雀早已歌声悠悠，
它丝毫不再为铁刺犯愁，
可你却仍然得不到自由，
只是跳撞出一个秃头。

1884年

自由的鹰

你并非精致的食物所喂养，
冬天也不去往温暖的地方，
也没有人用手关心而勤勉，
时时刻刻梳理你的一双翅膀。

栖身在高接蓝天的悬崖上
一棵正在枯萎的橡树之中，
从小就见惯了雨暴风狂，
但你从不畏惧，勇于抗争。

炎热，饥饿，风灾雨灾，
反倒激发了你青春的力量，
你的双眼凝视着海外，
盼望着冉冉升起的太阳。

然而，一旦机会降临，
你就会从巢里张开翅膀，
振翮奋飞，充满自信，
自由翱翔在悠悠碧空上！

1884年

我既未注意到你永恒的美的心灵……[1]

我既未注意到你永恒的美的心灵，
也未注意到你浓密的鬈发，柔情的双眼，
我只顾紧盯着那遥远的命运，
听着残酷无情的人们的宣判。

只是感到你和我在一起就在我身旁，
你和我在一起！——无论青春，还是虚幻的荣誉，
以及我赖以呼吸的一切——快乐无比的梦想，
我都会飞到年轻的你的脚旁献给你。

1884年

1　俄国学者认为，这首诗是“拉兹契组诗”之一。

花园里百花妍丽……[1]

花园里百花妍丽，
傍晚身穿火红的霞衣，
　　我心中多么轻快、欣喜！

我一会儿伫立，
我一会儿游移，
　　仿佛在等待那神秘的话语。

这晚霞熠熠，
这春光旖旎，
　　如此不可思议，又如此触目可知！

不论我幸福盈溢，
还是偷偷哭泣，
　　你都是我珍藏的秘密。

1884年

1　本诗被俄国作曲家阿连斯基（1861—1906）谱成著名的抒情曲。

致死亡

我曾在生活中昏迷不醒，因此了解这种感受，
那里结束了一切痛苦，只有甜蜜的慵倦醉意；
所以我毫不畏惧地把你等候，
漫漫难明的黑夜和永恒的床具！

哪怕你的魔爪已触及我的发尖，
哪怕你从生命簿上勾除我的姓名，
只要心在跳动，在我的审判面前，
我们旗鼓相当，可我将大获全胜。

你时时刻刻仍须服从我的意志，
你是无个性的幽灵，我脚下的影子，
只要我一息尚存——你不过是我的思绪，
和郁闷幻想的不可靠的小小玩具。

1884年

又记起了那句易忘的闲话……

又记起了那句易忘的闲话，
又想起了那声偶然的轻叹，
我心里不由萌发思念的幼芽，
我将重新拥有这一些支点。

心儿颤抖着想要更纯洁地燃烧，
但青春的年华早已如水远逝，
生命的坟地朗朗圆月高照，
夜一样可怕的是自己的影子。

1884年

蝴　蝶

你说得对。我这样可爱，
　　就凭空中飞舞的姿态。
我全身的丝绒流光溢彩，
　　全靠双翅的节拍。

不要问我：来自何处？
　　又匆匆去向何方？
我轻轻地在这朵花上暂驻，
　　看，我在吸吮芳香。

既无目的，又不努力，
　　我这样活着，能否长久？
你看你看，身子一闪，张开双翅，
　　我又四处悠游。

1884年

又一次翻到了这亲切的几页……[1]

又一次翻到了这亲切的几页，
我又心潮澎湃，浑身震颤，
唯愿风儿或他人的手别碰跌
这只有我熟知的枯萎的花瓣。

唉，这算得什么！她付出了整个生命，
这激情盈溢的牺牲和神圣的殉情，——
我孤零零的心中只有隐秘的哀痛，
以及这些干枯花瓣的苍白幻影。

但这些花瓣都珍藏在我的记忆深处；
没有它们，往昔的一切不过是残酷的梦呓，
没有它们，只剩下责备，没有它们，只剩下痛苦，
没有它们，就既没有宽恕，也没有慰藉！

1884年

1　据俄国学者考证，这首诗是为拉兹契而作。

浪漫曲

猜中了——我笑呵呵，
你来了——我很羞窘，
你说——我已着了魔，
究竟是你，是我，还是梦？

你气息幽雅，裙裾如风，
我脑海里时而黑夜时而白昼，
我不敢抬起眼睛，
怕的是被你读透。

脸儿在撒谎，话语却双关，
难道我还是小孩一个？
上帝啊上帝，我该怎么办，
莫非命运也会忌妒我？

1885年1月10日

炽热的阳光从椴树高枝盈盈洒下……[1]

炽热的阳光从椴树高枝盈盈洒下，
你在长凳前闪亮的细沙上随手勾画，
我完全沉浸于金灿灿的梦想，——
你什么也不回答，只是闷声不响。

我早已看出，我俩确实心有灵犀，
你把终身幸福向我至诚相许，
我却脱身而去，并反复陈说这并非我们的过错，
你什么也不回答，只是一直沉默。

我央求，并一再说明我们不能相爱，
过去的那些日子我们都应该忘怀，
未来岁月中定会绽放美丽的花朵，
你什么也不回答，只是一味沉默。

我无力把目光从你长眠的脸庞挪移，

1 据俄国学者考证，这首诗是因拉兹契而作。

我多么想弄清那沉埋你心底的秘密。
你的脸色是否表明你已经把我原谅？
你什么也不回答，只是一声不响。

1885年

在皓月的银辉下

让我们一同出去漫行，
　　身披这皓月的银辉！
那黑沉沉的寂静，
　　使心灵久久地迷醉！

池塘似钢铁闪着幽光，
　　青草痛哭得满脸珠泪，
磨坊，小河，还有远方，
　　全都沐浴着皓月的银辉。

我们能不伤感，能不活着，
　　面对这迷人心魂的美？
让我们悄悄流连不舍，
　　身披这皓月的银辉！

1885年

我什么都不会对你说……[1]

我什么都不会对你说，
我丝毫也不想惊扰你，
我只在心里默默念叨着，
我一丁点也不敢向你暗示。

夜的花儿白天成天睡眠，
但只要太阳落进了丛林，
片片绿叶就会轻轻舒展，
我听见，心花也在轻吐芳馨。

我那病痛而疲惫的心胸，
袭入夜间的潮气……我浑身哆嗦，
我丝毫不想惊扰你的安宁，
我什么都不会对你说。

1885年

1　柴可夫斯基为这首诗作了一首著名的抒情曲。

我深感震撼……

精神无处不在，而且唯一。

——杰尔查文

我深感震撼，当周遭
雷声隆隆，森林怒啸，
我抬头望向那火光，
当海洋惊慌不已，
把你银色的法衣，
抛向那礁岩。

可我静默而乐观，
受控于非人间的力量，
此刻我站着并不感到恐惧，
反倒像是在梦里，
用非语言所能表达的言辞，
你的光明天使对我悄声细语。

我开始燃烧并火焰熊熊，
我极力在苦闷中

挣脱羁绊，展翅飞翔，
我真心相信，翅膀会增强，
并且会立刻舒张，
把我带到天上。

1885年8月29日

冬夜有一种光辉和力量……

冬夜有一种光辉和力量，
冬夜有一种纯洁无瑕的美，
当茫茫草原片片屋顶漫漫林莽
在皑皑白雪下昏昏沉睡。

夏夜的影子已无迹无踪，
它那惊惶的絮语也已全都消逝，
但万里无云繁星灿灿的碧空，
却更赫赫炎炎，也更清澄壮丽。

你似乎在这一瞬间
感受到上帝的旨令，
凝视着沉睡的大自然，
领悟了笼罩世界的梦。

1885年

你陷身火海……

你陷身火海。你的目光
以熠熠光辉扮靓了我；
有你温柔的秋波作屏障，
我不再恐惧那天庭之火。

但我害怕那漫漫高空，
在那里我无法站稳。
你的形象是心灵所赠，
我该怎样把它保存？

我担心自己苍白的面容，
会使你垂下冷淡的目光，
在你面前我刚刚清醒，
熄灭的火就又把我烧伤。

1886年3月8日

致布尔热斯卡娅

不，最好别用平常那亲切的声音
把总是疯疯傻傻的诗人唤醒。
让他没有个性且多余地置身于芸芸众生，
默默无言地紧随喧嚣的人潮前行。

为何唤醒沉睡者去面对无可奈何的苦闷？
当四周遍布黑暗为何要把光明念及？
对永恒地安睡于地下的人，
为何要用友爱的手把坟上的覆土挖去？

须知这神圣的遗骸已平息痛苦！
须知这可爱的灵魂已经安眠！
须知这是激情汹涌的幸福痛哭！
须知这是多刺的荆棘做成的花冠！

1886 年 4 月 1 日

我老是梦见你号啕痛哭……[1]

我老是梦见你号啕痛哭，大放悲声，
那是怨屈的声音，那是无力的悲泣；
我更经常经常地梦见那个欢乐的时分，
我这个不幸的摧残者在殷殷恳求你。

岁月流逝，我们学会了爱，
欢笑朵朵绽放，忧伤也更凄凉，
几经流年，我已不得不离开：
命运把我抛向无人知道的远方。

你向我伸出手，问道："你要走？"
我隐隐发现你眼里噙着两滴热泪；
这眼中的泪光，这畏寒的颤抖，
让我经常彻夜难眠，终生懊悔。

1886年4月2日

1　据俄国学者考证，这首诗是因拉兹契而作。

从密林中飘来白雾蒙蒙……

从密林中飘来白雾蒙蒙，
慢慢遮笼了可爱的村庄；
但春天的太阳暖意融融，
和风儿把白雾送向远方。

须知，在辽阔的陆地和海洋，
长久长久地漂泊也十分腻烦，
可乌云却深深眷恋着故乡，
只在故乡的上空泪水涟涟。

1886年6月9日

秋天的月季

森林已经秃顶，
花园的脸上也全无发须，
九月长叹一声，
夜间的寒气灼伤了大丽菊。

经受不了严寒的侵袭，
百草千卉纷纷凋萎，
月季女王啊，唯有你，
迎寒怒放，芳香华贵。

你傲然面对严酷的考验，
全然无惧于逼人的岁月将尽，
你以自己的娇姿和芳妍，
给我带来了春天的温馨。

1886年

山　巅

高出云表，远离了山冈，
脚踏郁郁苍苍的森林，
你召唤凡夫俗子的目光，
追寻晶蓝天穹的碧韵。

你不愿用银白的雪袍
去遮蔽那朽壤凡尘，
你的命运是矗立天涯海角，
绝不俯就，而是提升世人。

衰弱的叹息，你无动于衷，
人世的愁苦，你处之漠然；
绵绵白云在你脚下漫漫飘萦，
好似香炉升起的袅袅青烟。

1886年7月

纪念丹尼列夫斯基[1]

假如生活是命中注定，人不得不来到这世上，
那么，已故的朝圣者啊，你的人生之路多么令我钦羡！
你献身于深广而又人人能懂的思想，
你热爱这蓝色的监狱[2]，并把这美的世界饱览。

1　丹尼列夫斯基（1822—1885），俄国自然科学家、哲学家、思想家，“乡土派”领袖，一生著述颇丰，重要著作有《俄罗斯与欧洲》《达尔文主义——批判的研究》《丹尼列夫斯基政治经济论文集》等。

2　“蓝色的监狱”含义颇丰，至少既指美，同时也是一种桎梏。这是一个在俄国现代主义诗歌尤其是象征主义诗歌中颇有影响的意象。俄国有学者指出，费特诗歌中的上述蓝色的监狱意象成了俄罗斯象征主义者最喜爱的诗歌表述方式之一——意味着人能感知的一个虚幻世界。从费特诗歌整体来看，蓝色的监狱包含一个宏大的不变隐喻，这一隐喻不仅包括传统的固定意义，而且包括在象征主义中取得进一步发展的潜在意义。但是，费特的蓝色监狱形象比象征主义者的蓝色监狱形象更加富有层次性。费特的蓝色监狱不仅具有普遍意义，而且具有相对的特殊意义：它指的是高加索山区。这首诗的接受者走遍这座监狱并爱上了它。它四面环山，有着永远的屏障，Н.Я.丹尼列夫斯基去世并（于第比利斯）下葬之后，山崖又变成了墓地的屏障。费特笔下这个前无古人的蓝色的监狱意象可能是对丹尼列夫斯基的名言“上帝后悔创造了美，因此又创造了物质”的一种反驳。如果把费特的“监狱”与物质相提并论，那么，按照丹尼列夫斯基的观点，这个物质性

你知道这世界对真正生活的人才是至善，
你极力抑制心醉神迷的谎言[1]，
就在南方海边，在峭壁永恒的围墙后面，
你在繁花似锦的花园找到了休息的好地方。

1886 年 7 月 3—5 日

的监狱即是美的代价。而在费特那里正相反，美（由修饰语“蓝色”指代的）似乎是抽象的、概括性的因素（比较一下：动词“环顾”“爱上”），其使命为使精神与监狱的物质性相调和。

1　指不屈从于各种让人陶醉的诱惑。

杜　鹃[1]

郁郁葱葱的树梢弯曲如弓，
因饱含春天的汁液而神情麻木，
一个声音从远方某处的林中，
隐隐约约地传来：咕——咕！

这是清晨，心灵啊，你尽情爱恋
这世世代代生存的万事万物，
那声音仿佛金子一样光灿，
越来越近，越来越响：咕——咕！

也许有人会想起那些已逝，
因为春天而满怀愁苦？

1　杜鹃又叫布谷（在中国古代还有杜宇、子规等叫法），由于它的习性、生活方式和叫声都与众不同，因此俄罗斯民间关于它有种种传说，并且赋予它各种象征意义：象征忧愁的独身女人；被称为死亡的先知或预言者；代表着哀愁、伤感，等等。还有不少民间谚语与它有关，如："布谷鸟叫，苦难到""杜鹃咕咕，预报不幸""听到咕咕叫，心中直发慌，叫一声活一年，声声催命""杜鹃对人叫多少声，他就将活多少岁"。因此，诗中写到听见杜鹃的叫声，有人会想起"那些已逝"（可以包括逝去的岁月，逝去的人和事等）。

那声音又响起第三次，

清晰而慵倦：咕——咕！

1886年

黎　明

从黑夜的前额，
柔软的烟雾轻盈地降落，
一条阴影从茫茫田原
蜷缩到附近的房舍下面；
燃烧起一片亮丽的渴望，
朝霞却羞羞答答不肯亮相；
冰凉，明亮，银白，
鸟儿把双翅抖开；
太阳虽不曾升起，
心里却早已幸福盈溢。

1886年

整个大千世界始于美……

整个大千世界始于美，
从茫茫星空到细细沙粒，
你若把美的源头穷追，
那真是枉费心力。

面对茫茫无限，
一天或一世何足挂齿？
人，虽然生命短暂，
人性，却亘古如一！

1874年至1886年

不，我并没变心……[1]

不，我并没变心。哪怕年过古稀，
我依旧是你爱的奴隶，对你忠心耿耿，
早年那桎梏人的既快乐又残酷的毒汁，
　　依旧在我的血液里沸腾。

尽管记忆一再强调，我们已天人相隔，
尽管我每天都在痛苦地对另一女人发着呓语，
但当你来到这里，在我面前站着，
　　我就决不会相信你已把我忘记。

忽然在我面前闪现出另一种美，
恍惚之间，我立刻认出了你；
我再次感到往日柔情的光辉，
　　我不禁放声歌唱，浑身战栗。

1887年2月2日

1　据俄国学者考证，这首诗是写给拉兹契的。

当你读到这愁肠寸断的诗句……[1]

当你读到这愁肠寸断的诗句，
心灵火红的火焰在其中光华灿烂，
致命的激情急流冲天而起——
　　你能不浮想联翩？

我真难相信！草原上，多么奇异，
暗沉沉午夜竟燃起过早的漫天火花，
你看见远方突然升起
　　灿烂而壮丽的朝霞。

目光情不自禁地沉醉在这美中，
在这驱尽黑暗的雄伟光辉里，——
当时莫非没有什么向你低咏：
　　那是一个人燃烧了自己！

1887 年2 月15 日

1　据俄国学者考证，这首诗是为拉兹契而作。

沉沉黑夜传来什么声音？……

沉沉黑夜传来什么声音？上帝知道——
　　到底是鹬鸟还是夜枭在呻吟。
其中有千般离愁，万般苦恼，
　　这遥远的神秘的声音。

仿佛失眠之夜病态的种种梦幻，
　　全都在这哭诉般的声音中汇集，——
无须言语，无须灯火，无须目光，
　　呼吸已告诉我你在哪里。

1887年4月10日

那个希望我疯狂的人……

那个希望我疯狂的人，
蒙蔽了玫瑰的哀泣，露珠和光艳；
那个希望我疯狂的人，
把难解的结编成高高的发辫。

哪怕凶恶的暮年夺去所有欢欣，
而我的心灵依旧愿意在日落之前，
呻吟着飞到这里，像蜜蜂，
沉醉于这浓浓花香。

我的心还保有幸福的感觉，
我将成为狂暴生活的生动迸发。
这香甜的蜂蜜属于我，只为我，
对别人但愿它成为无味的蜂蜡！

1887 年 4 月 25 日

芳香四溢的夜晚……

芳香四溢的夜晚，宁静美好的夜晚，
　　病痛的心灵的战栗！
我愿一直听你诉说——可我无法闭口不言，
　　在这鸦雀无声的深夜寂静里。

蓝靛靛的高空，无边无际，
　　腾炽着一道道金灿灿的光线；
四周的星星仿佛已全都聚齐，
　　一眨也不眨地望着这花园。

月亮早已升到林荫道参差的树顶，
　　光芒直射脸上——灼耀双眼。
在不远处树林黑漆漆的阴影中，
　　泉水波光闪闪，水声潺潺。

传来某个东西的一声撞击，
　　水流在温柔地细语不停，
好似吉他那胆怯的琴弦在柔声细语，
　　低声歌唱，呼唤爱情。

似乎一切都在燃烧，都在和谐地铮铮作响，

　　促成这难以实现的梦想；

窗户微微震颤了一下，缓缓大敞，

　　把这银灿灿的夜悄悄凝望。

1887年4月28日

缪　斯

我们降生就是为了灵感，
为了美妙的乐音和祈祷。

——普希金

你只想诅咒，痛苦地呻吟，热泪滂沱，
　　寻找灾难的规律。
诗人，且住！不要呼唤我，
　　召唤提西福涅[1]吧，从那深渊里。
怀抱真正迷人的梦想，
　　凭借自己神圣的力量，
我把最高的精神快乐呼喊，
　　也把人类的幸福召唤。
当你再次被暴行所伤，
　　胸中涌起痛哭的冲动，
我也不会为了你的痛苦而背叛
　　自由的永恒使命。

1　古希腊神话中三个复仇女神（总称厄里倪斯）中的报仇女神（另两个分别是不安女神阿勒克托、妒忌女神麦格拉）。

苦闷！一切都苦闷，无知的野兽也苦闷，

　　没有思想，没有希冀，

而且痛苦之后的欢乐之门，

　　在它面前也永远关闭。

让无情而冷酷的心灵

　　永远不要把这欢乐见到，

为何你要用柔嫩的手敲击竖琴，

　　难道它是浩劫的预告？

为何反对命运和自然？

　　这琴声带给世界的，

不是狂热的风暴，也不是斗争的召唤，

　　而是对痛苦的治愈。

1887年5月5日

白昼令我们欢欣，血液如火腾炽……[1]

白昼令我们欢欣，血液如火腾炽……
无比美丽的你在寻求快乐欣喜，
天真地向我倾诉自己
那无法实现的爱情秘密。

我这盲人当时怎么没有留心，
生命之夜在我们头顶越发深浓，
你的心灵，你那美的星辰，
在我面前倏忽流逝，并星光炯炯。

在永久分离之时，我们才明白，
面对幸福的突现我俩曾默默无言，
过后又因幸福离去而伤心愁怀，
直到各自孤零零地站在死亡的大门前。

1887年6月9日

---

1 俄国学者认为，这首诗是“拉兹契组诗”之一。

我昏昏欲睡……

我昏昏欲睡。春天那珍珠般的行云，
突然间迅速飘临，
　　在我上空飞驰；
它们那轻倩的阴影，
昏暗而绣满花纹，
　　撒满了一畦畦田地。

行云驰过清亮的池塘，
银光闪闪的池塘，
　　变得倍加亮丽，
阴影不再暗淡无光，
莹白的云彩细细打量
　　镜中的自己。

我昏昏欲睡。仿若那凄凉的云衣，
漆黑忧郁的云衣，
　　一片梦幻绵延缭绕，
忽然，朝思暮想的你，

温柔、亲切的你，
　　嫣然一笑。

1887年

在草原的密林深处……

在草原的密林深处那沉寂的水面，
一张张圆叶密密地铺展如画，
我久久欣赏着，漂浮的灿烂花丛间，
那时出时没的是胆小的游泳家[1]。

它们向往深渊，却受阻于寒意，
当它们把眼睛紧贴着星星，
是谁问我：它们是否想追根究底，
要把这水的深度测量个究竟？

哦，不要对我如此温柔、深情，
我无论如何也不敢忘乎所以。
对于我神圣的深渊就是你的心灵：
我怎敢把自己的命运窥视！

1887年

---

1 指青蛙。

瞧，夏日正在一天天缩短……

瞧，夏日正在一天天缩短。
你在哪里，夏天的金光？
只有灰白的眉毛皱成一团，
只有银白的卷发随风飘扬。

今天早晨，在不幸的命运下
疲惫不堪的我，轻叹一声：
一清早，玫瑰色的朝霞
眨眼间把小窗染得鲜红。

但这阴郁的天空又一次
凄凉地笼罩在我们头上，——
而我知道，你又将升起，
红光遍洒，我可爱的红太阳！

1887年

树叶儿瑟瑟颤抖……

树叶儿瑟瑟颤抖，纷纷凋陨，
滚滚乌云遮蔽了天空的美景，
凶猛的暴风雨从田野冲进森林，
一阵阵狂旋乱刮，哀号悲鸣。

只有你，我亲爱的小鸟，
待在温暖的巢里，隐约可见，
浅色胸脯，玲珑，娇小，
独独不怕外面的地覆天翻。

此起彼伏的雷声轰隆怒哮，
呼啸作响的烟雾天昏地暗，
只有你，我亲爱的小鸟，
待在温暖的巢里，隐约可见。

1887年

在这熙熙攘攘街道的高空里……

在这熙熙攘攘街道的高空里，
　　我开了一扇小小的窗，
我那活泼的幻想全都围绕着你，
　　我要认识你，心爱的姑娘。

我总觉得，你那天真羞怯的视线，
　　不会无缘无故地突放异彩，
而你那秀发蓬松的低垂小脸，
　　我却实在早已看不明白！

于是我想：我俩要是约会在地面，
　　似乎距离太远，也太低，
要是暮霭纷飞时在这楼顶会见，
　　那该是多么自由自在，快乐亲密！

1887年6月6日

我们的语言多么贫乏！……

我们的语言多么贫乏！所思所想难以言传！
对朋友的爱，对仇敌的恨，都有口难言，
一任它在胸中惊涛般雪浪卷云崖。
永恒的苦恼中心儿徒劳地困兽犹斗，
面对这命中注定的荒谬，
智者也只能把年高望重的头低低垂下。

诗人，唯有你，以长翅的语言
在飞翔中突然捕获并栩栩再现
心灵模糊的梦呓和花草含混的气味；
就像朱比特[1]的神鹰为了追求无限，
离弃贫瘠的山谷，忠实的利爪间
携着一束转瞬即逝的闪电，向云霄奋飞。

1887年6月11日

---

1 罗马神话中的天父和主神，相当于希腊神话中的宙斯，其象征物是老鹰、雷电。

一切，我的一切，现在和过去的一切……

一切，我的一切，现在和过去的一切，
在幻想和梦境中超越了时间的框范，
沉入无忧无虑的幻想之心难以分辨：
老年的梦和青年的梦全都一个样。

在日常生活的圈子之外，
难得片刻的快乐和清醒；
只要心儿还在胸膛里奔腾澎湃，
它就要展开翅膀直飞云空。

哪里被残酷的命运统治，
哪里就没有自由，没有幸福。
这里！这里！这里不受大自然的奴役，
这里心灵是自己忠诚的奴仆。

1887年7月17日

轻轻一推就能使灵便的小舟挣脱……

轻轻一推就能使灵便的小舟挣脱
被落潮抹得平展展的那片沙滩，
一个波浪就能把人带进另一种生活，
闻到风从繁花似锦的海岸送来的花香，

一声呼喊就能赶走烦人的噩梦，
忽然陶醉于陌生而亲切的感情，
使隐痛变甘甜，能起死回生，
转瞬便人我无间，将心比心，

悄悄诉说语言无法表达的感情，
让勇敢的心灵倍增其力量——
只有优秀的诗人方拥有这本领，
这是他的特点，使他赢得桂冠！

1887年10月28日

我不需要，
不需要昙花一现的幸福……

我不需要，不需要昙花一现的幸福，
我不需要同情的话语和关注，
　　我只要让我痛哭一场！
让我重又在温暖的床头偎挨，
让我呼吸我那不可割舍的爱，
　　把世上的一切统统忘光！

当你知道，那孤独、
烦人而甜蜜、疯狂又幸福的痛苦，
　　多么令我神迷心醉，
你悄然降临，踏着轻盈的脚步，
以便自己那芬芳的人生之路，
　　不使我那病态的梦感到羞愧。

不是这样吗，丛林刚刚换上新装，
在春天的夜里，——白昼还闪闪发光，
　　身有双翼的歌手还胆战心惊？
只有当朝霞驱散了黑暗，

清醒的鸟儿才不再鸣啭，

终结了幸福和歌声。

1887年11月4日

如果这晨光使你欢欣……

如果这晨光使你欢欣，
如果这美好的征兆你也相信，
哪怕你爱他仅仅一瞬，
请把这朵玫瑰献给诗人。

也许你将会移情别恋，
一生中会几经雨打雪摧，
但在这感人肺腑的诗行中间，
你会找到这朵永远芬芳的玫瑰。

1887 年

花　炮

我的心枉自熊熊燃烧，
却无法照亮漫漫黑夜，
我只在你面前腾冲云霄，
一路疾飞如箭，轰鸣不绝。

追随理想，却落入死之黑暗，
看来，我的命运便是紧抱幻想，
在高空，我浩然一声长叹，
化作点点火泪，洒向四方。

1888年1月24日

令人怜悯的责难……

令人怜悯的责难，
对有病的心灵毫无刺激；
请允许我在你面前，
以双膝跪地的姿势！

忧伤高悬于扰攘的人世，
你宽厚地允准
我尽情地陶醉于
你心灵的美和清纯。

看，那样一种晶莹的光，
在尘世把你围环，
仿若神的世界在这世上，
隐没在蓝云云的昏暗。

啊，我在痛苦中怡然自喜！
多么快乐，我忘记了世界和自己，
我抑制住心潮逐浪高时
已涌到嘴边的号泣。

1888年1月31日

金刚石

不作女皇头上的点缀，
不去切割坚硬的玻璃，
那七彩虹霓的光辉，
在你周身亮丽地熠熠。

不！在短暂生命的更替中，
在光怪陆离的现象里，
你总是那么璀璨晶莹，
你这永恒之纯美的忠诚卫士！

1888年2月9日

庆祝迈科夫[1]一八八八年四月三十日寿辰

从南方飞来五十只天鹅，
把春天的欢呼带进了森林，
而我们这些大地的孩子聆听着，
天鹅的歌声怎样在高空飘萦。

迈科夫用他那富有魔力的诗，
把这歌声变成了青铜雕塑，
为此我们在这隆重的节日，
共同迎接诗人的寿辰庆祝。

谁半个世纪为罗斯
不断歌唱，他就远超同行，
他那一行行珍贵的诗句，
像一颗颗珍珠镶嵌在诗坛！

1 阿波罗·尼古拉耶维奇·迈科夫（1821—1897），俄国纯艺术派诗人、画家，费特的好友。

尽管兴奋不让我们沉默不语，
但兴奋转眼就会被遗忘，
而诗人借助天鹅的双翅，
将会永远在高空疾速飞翔。

1888年3月11日

请原谅！在幽暗的记忆里……

请原谅！在幽暗的记忆里，
我只记得那一个夜晚，——
你孤身一人，默默无语，
还有你那壁炉里的熊熊火焰。

望着炉火，我陷入沉思，
有魔力的人群使我陶醉，
太多的幸运，过剩的精力，
反而酿成苦酒一杯[1]。

为达目的我曾怎样地反复思忖？
疯狂曾经把我引诱向何处？
我曾经带着你的温馨，
奔向什么样的风雪迷途？

---

1 张英伦的《莫泊桑传》中有下述一段话，似可作这几句的注解："人在单身独处时，常常是理智的、聪明的，而一旦他们聚集成一群时，必然会变成粗暴的动物。——这种情形可以称为人群陶醉。"

你在哪里？莫非我神智昏昏，
什么也看不见，四周一片漆黑，
浑身冻僵，像个雪人，
不得不又去敲叩你的心扉？

1888年

我多么想重新握握你的纤纤素手！……

我多么想重新握握你的纤纤素手！
我当然知道昔日幸福已一去不回头，
但垂暮之年老眼昏花之人
仍会为重见美丽依旧的友人满心欢欣。

在光秃秃的林荫路，脚下落叶沙沙作声，
不知为何心儿胆怯又甜蜜地发痛，
当疲惫的双脚踏上勾起记忆的地方，
当年它曾蕴藏着那么多的快乐时光。

1888年8月14日

今夜漫天璀璨的星斗……

今夜漫天璀璨的星斗，
如此灿丽地放射蓝晶晶的光芒，
而你悄无声息地溜走，
并且低垂着你的目光。

究竟为什么我的心儿
如此凌乱又胆怯地七上八下？
为什么凉风如此炎热，
吹得我满脸燃起红霞？

我整夜观赏着星光闪烁，
这光辉既强劲又柔和，
我开始聚精会神地思索，
这一份亮灿灿的静默。

1888年10月27日

在昏睡中，在蒙眬里……

在昏睡中，在蒙眬里，红霞无踪无影。
你含混不清地对我窃窃私语；
我多想听明白你这一份柔情，
“我懂了，啊，我懂了”，我轻声告诉你。

火光熊熊，烈焰腾空，
你湮没其中，离我远去；
我燃烧着徒然的倦慵，
夏天的红霞也已随你匿迹。

今天让我为你甜蜜地燃烧干净，
甜蜜地随你高飞，死去……
明天当你以另一种方式睡醒，
世界也许将不再让我紧随你。

1888年12月29日

远离灯火……

远离灯火，远离残酷无情的人群，
我们神不知鬼不觉地跑到一边；
只有我们两人在这凉沁沁的树荫，
陪伴我们的是第三个蓝澄澄的夜晚。

羞怯的心儿在惶惶不安地怦怦跳荡，
它渴望幸福也会奉献且卫护幸福美景；
我们可以避开人们而悄悄躲藏，
但什么都瞒不过星星的眼睛。

静谧，温和，月光如银，
这午夜透过袅袅薄雾，
看见的只有永恒和清纯，
那是它自身的散发之物。

1889年2月7日

她

两朵勿忘我花，两颗蓝宝石——
她那双眸中和蔼可亲的目光，
高高天空仙境的秘密，
透过那滴溜溜转的蔚蓝显现。

她那厚密蓬松的金灿灿鬈发，
在这个世界，真是独一无二，
把这天外仙客逼真描画，
佩鲁吉诺[1]把她带到人世。

1889年3月20日

1 佩鲁吉诺（1445或1446—1523或1524），意大利文艺复兴早期画家，与达·芬奇、波提切利同为韦罗基奥的学生，是拉斐尔的老师。画风优雅纤美，细腻深刻，擅长画柔软的彩色的风景、人物。

惊慌不安地回望青春时代……

惊慌不安地回望青春时代，
这珍藏的圣物始终不变！
对于希望，界限可能存在，——
对于信念，不可能存在界限！

不必惊讶，昔日的火焰
依旧环绕在你的美四周：
你会离去，但那忠诚的旗幡
我将高高举起一路伴你行走。

1889年9月14日

周围的一切
都已疲惫不堪……

周围的一切都已疲惫不堪：天空的花朵，
风儿，江河，刚刚升起的那轮圆月，
黑夜，那一片沉睡的黛绿的树色，
还有那张终于坠落地面的黄叶。

只有喷泉在遥远的黑暗中悄声细语，
讲述着隐匿而又熟悉的生命……
哦，秋叶，你以致命的倦意
和拒绝斗争，显示了自己的全能！

1889年

好像幻想

悠悠梦境，
倏然觉醒，
黑暗消失。
仿若春天，
在我头上，
碧空亮丽。

理所当有，
热烈而温柔，
满怀期望，
无须努力，
啪地展翅，
悠悠飞翔，

飞进心愿之乡，
景仰之邦，
祷念之所，
不禁心花怒放，

我不愿看见
你们大动干戈。

1889年12月31日

在你眼中读到无声的禁令……

在你眼中读到无声的禁令，
那许是别人暗示的反映，
这面颊上真实的红霞飞染，
这即将枯萎的鲜花的召唤，
这越来越浓重的影子，
这小溪背叛的低语，
这夜莺声声的呼唤，
给了我更明确的答案。

1890 年 1 月 30 日

在秋千上

置身于夜间的朦胧昏暗，
在拉得紧绷绷的绳索之间，
在这晃荡不已的木板上，
我们两人站着互相荡秋千。

秋千越是荡近林梢，
站和抓越是肉跳心惊，
离开大地越飞越高，
独自接近天空就越其乐无穷。

不过，这只是个游戏，
而且可能是致命的游戏，
但是只要我们两个在一起，
即使付出生命也是幸福，我亲爱的！

1890年3月26日

梦　中

梦中又见你的面容，仿若明媚春光，
我热烈欢迎这如此熟悉的美色，
温柔的赞美话汇聚成波浪，
你魅力动人的形象让我着魔。

没有怀疑，没有莫名的忧伤，
在梦中我能尽情地诉说一切，
飞行的大船疾驶，越飞越远，
我和你遨游太空在这深夜。

屈膝跪在你的面前，
奇异的游戏令我沉醉，
我摇摇晃晃地把你追赶，
含糊的声音如烟飘飞。

1890年4月26日

致消逝的星星[1]

蓝幽幽夜空中寻根究底的目光，
我能否长久吸收你熠熠的光辉？
我能否长久感觉到你，在这黑夜的殿堂，
没有任何东西比你更高更美？

也许，那熊熊火焰中没有你：
久远的时代你就已燃烧干净，——
但就是死后我也要驾着诗篇飞向你，
飞向星星的影子，成为叹息的幻影！

1890 年 5 月 6 日

1　俄国有人认为，这首诗与拉兹契有关。

他们禁止你从家里出来……

他们禁止你从家里出来，
他们也禁止我俩亲近，
虽遭禁止，但我们应该承认，
我们两人确实相亲相爱。

但有件东西他们无法禁止我们，
这东西必定战胜禁令——
这就是歌声：长翅膀的歌声，
让我们爱得永恒而坦诚。

1890年7月7日

九月的月季花

呼吸了清晨的寒气，
微微绽开嘴上的晕红，
在似水飞逝的九月日子，
玫瑰的微笑多么温情！

在飞来飞去的山雀面前，
在早已光秃秃的灌木丛里，
她像女王一样高傲地出现，
唇边带来春天的消息。

满怀坚定的希望怒放如火——
离别了那冷冰冰的畦垄，
这最后一枝醉人的花朵，
依偎在年轻主妇的酥胸！

1890年

我还在爱，还在苦恼……

我还在爱，还在苦恼，
即使全世界的美都在我面前，
我也无论如何不会抛掉
你所赐予我的爱的温暖。

而今，我栖息大地的胸膛，
虽然已深感呼吸困难，
但年轻生命的蓬勃茁壮，
从四面八方展现在我面前。

听命于太阳的金光，
树根扎进坟墓的深处，
在死亡那里寻求力量，
为的是加入春天的歌舞。

1890年12月10日

我躺在安乐椅上……[1]

我躺在安乐椅上，紧盯着天花板，
　　任激情放飞想象，
一圈圈幽灵般的幻影在旋转，
　　盘绕在平静的吊灯上。

秋日晚霞的余晖融进了这闪烁的幻影，
　　黑压压的一大群白嘴鸦，
盘旋在屋顶和花园上空，
　　既无力飞走，又不愿落下……

不，那并非翅膀的喧哗，而是台阶边的马鸣！
　　我听见一双手的嗦嗦声响……
秀丽的脸庞多么苍白、冰冷！
　　别离的絮语多么忧伤凄凉！

我怅然若失，一言不发，
　　从暮霭纷飞的花园眺望远方的道路，——

1　俄国学者认为，这首诗是写给拉兹契的。

那一群惊慌不安的白嘴鸦，
　　还在盘旋，找不到栖身之处。

1890年12月15日

落叶在我们脚下瑟瑟战栗……[1]

落叶在我们脚下瑟瑟战栗，
但我们头顶仍有鲜嫩的绿荫，
在相互接近的喜悦中有什么预示，
这黄叶——就是我们未来的命运。

我们多么贪婪，又错得多么厉害：
虚幻的恐惧总是紧追着现实的欣喜！
你那满头鬈发依旧如此可爱，
你苍白的嘴唇上闪耀着一丝得意！

我们走着。我们能否长久不分离？
能否长久享受欢乐？谁也不清楚。
不要过早地为未来满怀忧虑，
要学会好好珍惜眼前的幸福。

1891年1月15日

---

1 俄国有学者认为，这首诗与拉兹契有关。

明　天

——我看不清前景……[1]

明天——我看不清前景，
生活——杂乱无章又茫无头绪，
然而，今天，我向你万般恳请，
不要低声说什么从长计议。

哪能控制自己，当泪水盈盈
朦胧了我们的双眼，
此时此刻，是动人的柔情
把我们引到这芳香的地方。

眼下可不是思考的时候，
当心潮澎湃耳中雷鸣，
此时高谈阔论令人蒙羞，
而疯狂行事才叫聪明。

1891年1月25日

1　俄国有学者认为，这首诗与拉兹契有关。

不要责备我难以为情……

不要责备我难以为情，
不要责备我往事重提，
当轻轻袭来一阵旧梦，
我会在你面前不停战栗。

那些旧梦——生活判定它们有罪，——
它们早已成为祭坛上的灰烬，
但你却被它们胜利的萦回
搅乱了自己的方寸！

晨曦已在闪耀，眼看
就要大放光明，照亮一切，
感觉到新生活的温暖，
夜洒下幸福的泪珠致谢。

1891年2月3日

星河摇摇欲坠……

星河摇摇欲坠，星光闪烁不定，
倒映于地中海黛绿的细浪鳞波，
我们一同观赏：那点点火星
在脚下飞驰，媲美着天上的银河。

在某种静谧而赏心的朦胧里，
我凝目这份辉煌，满腔柔情，
似乎你正以魔舵把小船驾驶，
引导我在漫漫海面飞速穿行。

而在大海深处，年轻的女王，
闪光的斑点飞驰在你面前，
这一串串绵绵无尽的亮光，
只有你一人能清楚地看见。

1891 年 2 月 17 日

诅咒我们吧……

诅咒我们吧：自由是我们的无价奇珍，
并非理智，而是血液在恣意蛮横，
全能的大自然在高声召唤我们，
我们将永生永世颂扬爱情。

春天的歌手是我们的榜样，
这是何等的快乐啊——可以这样说！
只要活着，我们就赞美、颂扬，
只要活着，我们就不能不引吭高歌！

1891年3月2日

我们在长久的分别后再次聚首……

我们在长久的分别后再次聚首，
　　从严酷的冬天倏然苏醒，
我们相互紧握着冰冷的双手，
　　嘤嘤哭泣，泪眼盈盈。

但人们总是千方百计，
　　用看不见的枷锁禁锢我们，
我们经常四目对视，
　　嘤嘤哭泣，泪眼盈盈。

然而，太阳从黑暗中大放光华，
　　穿透了黑沉沉的乌云；
春天降临，——我们坐在垂柳下，
　　嘤嘤哭泣，泪眼盈盈。

1891年3月30日

爱我吧！只要一遇见……

爱我吧！只要一遇见
　　你那柔情的目光，
我就铺开有花纹的艳丽飞毯，
　　放在你脚旁。

为神秘的渴望所激励，
　　在大地上空，
在如火的激情中忘乎所以，
　　我们悠悠飞升。

在梦一般的碧空中熠熠生辉，
　　你悠然出现大放光明，
绵绵赞歌和美
　　把你变成永恒。

1891年4月13日

黑夜和我，我俩一同呼吸……

黑夜和我，我俩一同呼吸，
椴树的花香使空气醉意醺醺，
我们侧耳倾听，默默无语，
那徐徐漂动的水流细细，
是喷泉在为我们轻唱低吟。

——我，血液，思想，肉体，——
在命运的重压下面，
都是驯服的奴隶，
我们勇敢地把一切高高举起，
在众所周知的大限降临之前。

思想飞驰，心儿跳动，
闪光对黑暗无所助掖，
血液重又回到心胸，
我的光线透入水中，
而朝霞驱除了黑夜。

1891年6月7日

爱情早已很少快乐……

爱情早已很少快乐，
没有共鸣的声声叹息，也无欢乐的眼泪潸潸，
昔日的甜蜜变成了苦涩，
玫瑰花落如雨，梦想烟消云散。

忘了我吧，把我视同路人！
可你转过身去，显然，你还在抱怨，
你还在为我暗暗伤心……
啊，我多么痛苦，我又多么遗憾！

1891年6月29日

啊，
苦苦相思让我心乱如麻……

啊，苦苦相思让我心乱如麻，
在夕阳如此童贞的美好的这一瞬间，
你站在这里的阳台上，面对着晚霞，
也许，你并不懂得我真是欣喜若狂。

下面，暗幽幽的花园已经沉睡，
只有高高的白杨在远处沉溺于幻想，
翻动树叶捕捉晚霞那告别的余晖，
闪着亮灿灿的金光和细袅袅的银光。

我相信，在这莹澈透明的瞬间，
一切都如此美好，一切都沉浸在宁静之乡，
这对于天空对于心灵都绝非偶然，
这似乎是给命定的渴求以补偿。

1891年8月12日

秋天那朝霞的辉煌……

秋天那朝霞的辉煌，
又颤动如骗人的火光，
候鸟像执行协议一样，
又成群地飞向温暖的南方。

心灵如此欢快地潮涌
阵阵甜蜜而冷酷的疼痛，
槭树叶在夜间变得血红，
我热爱生活，却又心疲力穷。

1891 年 9 月 7 日

云杉挥舞衣袖遮住我的小路

云杉挥舞衣袖遮住我的小路，
　　风。我孤身一人，流连森林，
四周凄凉又美妙，喧闹而恐怖，
　　这一切让我眼花头晕。

风。周围的所有丛林都在沙沙摇晃，
　　落叶萧萧在我脚边飞旋，
听，一支小小号角突然吹响，
　　声音从远处传到我耳边。

这铜管般洪亮的召唤声多么悦耳！
　　遍地枯叶与我全然无关！
仿佛是你正从远方把可怜的流浪者，
　　柔情脉脉地声声呼唤。

1891年11月4日

为什么……

为什么，当你光彩照人地坐在那里，
秀发低垂，在忙着做手工，
我就被彻底俘虏，一股芬芳的强力
把我拽向你身边，越来越近？

为什么，话语清清楚楚，
我却殚精竭虑寻找它的含意？
为什么，话语简单通俗，
我却像低诉挠心的秘密？

为什么，似有一把火热的尖刀
隐隐地刺进我的心房？
为什么，我周围的空气这样稀少，
让我只想深深地长叹？

1891年12月3日

整个一生与我相伴的一切……

整个一生与我相伴的一切，
曾令我那样神迷心醉，
如今已随一个个冬日渐渐冷却，
并且已沉沉昏睡。

战斗，既无愿望，也无力量——
只有昔日的痛苦厄难，
仿若高傲的思想，仿若祈祷的教堂，
在卑微的忐忑中反复重现。

1892年2月28日

当我惊惶地默不作声……

当我惊惶地默不作声，
你的严厉真使我困惑，
我心里仍然无法相信，
你也会如此冷漠尖刻。

我知道，有时即使进入四月，
冬天也会突如其来地回还，
阵阵暴风呼啸不绝，
吹得刺骨的雪花满天飞旋。

然而转眼间春天的太阳
就把绿茸茸的田野晒暖，
复活的大地齐声赞叹，
天堂的幸福快乐欢畅。

1892年3月26日

蓝靛靛的夜凝望着割过的草地……

蓝靛靛的夜凝望着割过的草地，
阳台下玫瑰和干草的香气四溢；
然而，我在前方并未等到欣喜，
疲惫不堪的胸中早已没有谢意。

花园对于我似乎越发遥远，越发悠久，
那里星星更大，香气更浓稠，
夜间芳香那活泼的波浪，
在那里直透爬满慵懒的心房。

仿佛在青草和鲜花温柔的气息中，
召唤都伴着熟悉的芳香传送，
又仿佛马上有个亲爱的人儿，
就要把幽会的欢乐轻声耳语。

1892年6月12日

回　声

一颗星星在天上闪熠，
一条溪流在地上流淌，
可爱的声音早已停息，
心灵的欢乐已漂泊远方！
回声重复着我的郁悒：
　　　　已漂泊远方！

那条欢快、莹澈的小溪，
在沉寂的丛林里潺湲，
但昔日那快乐的明眸皓齿，
却不曾从云彩中闪现！
回声又忧伤地悄声细语：
　　　　从云彩中闪现！

还是那只小鸟，它曾放声歌唱，
眼下，它正唱自己的夜歌；
歌声却越来越忧伤，
欢乐早已飞离心窝！
回声轻轻地嘟囔：

是的，飞离心窝！

往昔欢乐的笑声，
你究竟是何时沉寂？
你并非梦境，
却总是如烟飘逝！
回声又在远处哼哼：
总是如烟飘逝！

（写作时间不明）

附录　一刻与永恒

【俄】Л. 罗森布吕姆著　曾思艺译

灵魂与宇宙之间的密切关系深刻地体现为它与海洋和星空的交流(在这里使用这个词是很自然的)。因此，在《大海和星星》这首诗中，正是它们战胜了苦闷和仇恨：

从夜空，从夜晚的海洋，/仿佛来自那遥远的故乡，/一股心旷神怡的力量吹进心里。/人世那一切令人苦恼的仇恨，/我俩很快按各自的方式忘记，/仿佛海洋已催眠得我睡意沉沉，/仿佛你已完全消除了心中的苦闷，/仿佛星星已彻底俘虏了你。(1859)

费特与星星的“对话”始于其创作最早期，并持续了整整一生。

我静静地久久伫立，/凝望着远空的星星，——/通过黑暗，在我和星星之际，/某种联系悄悄萌生。(1843)

我告诉那颗灼灼闪耀的星星，/我们在浩瀚的世界已很久不曾见面，/不过，我懂得，它从天空/暗示我的含义丰富的目光……（《我懂得你幼稚的爱之细语……》，1847）

树叶静默，繁星闪耀，/就在这一时分，/我和你一同把星星远眺，/它们也在凝望我们。（《树叶静默，繁星闪耀……》，1859）

最后，在这场持续多年的“对话”中，最重要的一首诗是——《在繁星中》（1876）。诗人听到了星星的声音：

你们说：“我们属于永恒，你们属于瞬间，/我们无数，而你们以极度的渴望，/徒然地追寻那思想的永恒的幻影，/我们在这天庭里闪闪发光，/以便你在漆黑中拥有永恒白昼的光明。/所以，当你深感在人世举步维艰，/你就会从黑暗而贫瘠的大地，/兴冲冲地朝我们抬头观看，/凝视这华丽而明亮的天宇。”

“关于这首诗”，托尔斯泰在给费特的信中说，“不仅无愧于是您写的，而且写得非常、非常好，我所期待的那种富于哲理性的诗，总算从您这里盼到了。最妙的是繁星所讲的这些话。最后一节写得尤为精彩。”（1876年12月6日至7日）。

陀思妥耶夫斯基在“虚构的故事”《荒唐人的梦》（1877）中描述了另一个星球上的幸福人，他们按照与周围整个大自然同一的规律生活："他们指给我看他们的树，可是我却无法理解他们注视树木时那种爱意盈盈的程度：就好像他们在和类似自己的生物说话一样。你们可要知道，如果我说他们和树木说话，可能真的没错！是的，他们找到了树木的语言，而且我确信，树木也理解他们的语言。他们也是这样看待整个大自然的……他们指给我看星星，还向我讲述我难以明白的关于星星的某些故事，但我确信他们以某种方式与天上的星星有着联系，不仅仅是依靠思想，而是以一种鲜活的方式。"还有，"他们与整个宇宙有着某种必不可少的、活生生的、连续不断的一致"。

正是如此，但不是在别的一个星球上，而是在这个星球上，费特的抒情主人公以"某种活生生的方式"与星星进行交流：

南方的夜，我躺在干草垛上/仰头凝望着幽幽的苍天，/生动、和谐的宇宙大合唱，/弥漫四周，在闪烁，在震颤。//沉寂的大地，就像模糊的梦痕，/无声无息地匆匆泯灭，/我，仿佛天国的第一个居民，/孤独地面对着茫茫黑夜。(1857)

柴可夫斯基称这首诗为天才之作，称其"可与艺术的最高境界相媲美"（1888年9月21日致K. P.的信）。

费特那宏伟却又亲切的宇宙形象出现了，人参与其中，一切都是"短暂的"，自己的生命也是"瞬间的"。

而这种参与性对他来说具有解救作用（参见前文提到的诗歌《饱受生命折磨，又遭希望欺骗……》）：

当秋日亮丽的长庚星形匿影消，/日常生活的阴黑就更显黑暗，/只有天空的星辰闪动金色的睫毛，/发出一声声亲切的召唤。//无穷的星光如此莹净，/茫茫太空也如此清朗，/使我透过时间直观永恒，/和你的火焰，世界的太阳。(1864)

费特在个人的生命与宇宙生命的联系中认清了最高阶段的现实，从这个意义上讲，他并不反对被称为现实主义者。因此，在1892年7月15日给K．P.的一封信中，他写道："戈沃鲁哈-奥特罗克……试图为我的新版诗集写一篇序言，在序言中他提出我是一个现实主义者。我不得不提到这种情况，不得不提起你卓越的十四行诗，在戈沃鲁哈-奥特罗克意义上，*这些诗应该被称为现实主义诗歌，因为当人们身处宇宙之中，面对星空，它们转为真实的永恒。*然而，我们所做的一切是偶然的、短暂的，不配称为真实。"

但是对于费特来说，整个世界的美首先体现在大地之美上。在幻想情节的诗歌《永远别这样》(1879)中，地球生命的终结被描绘成一幅可怕的画面，一个被埋在皑皑白雪下的村庄，寂静森林里干枯的树枝，破旧的钟楼，冻死的路人。虽然宇宙是有生命的：一切都发生在冬日的明媚阳光下，从坟墓里爬出来的人想要回去，这是不可避免的：他在心理上只能*生存于大地的时间中。*

众所周知，费特抒情诗中的每一个瞬间都内容无比丰富，它是印象鲜明、情感炽热、极度悲伤、幸福至极的时刻，也是审美愉悦和创作灵感的时刻。最重要的是，所有这些时刻、“瞬间”(用费特的话说)都是令人难忘的，因而也似乎是伴随一生的。这经常是决定命运的时刻。费特在诗歌《暴风雨折断了毛茸茸的松枝……》(1869) 中写道：“此时此刻我的生命融化，我要用这一刻来把它测量……”但是暴风雨过去后生活还在继续。在《永远别这样》这首诗中，末日的时光降临了，费特的主人公看到了唯一的出路就是将自己的命运与地球的命运结合在一起，不断地感受着千丝万缕的联系：

无论身在何处，拥抱的都是空无，/那里茫茫空间吞噬了时间？/……/而你，冻尸般的大地，快快飞腾，/裹挟着我的尸体一起步入永恒！

在这首诗写完一年后，费特向斯特拉霍夫坦白了与此诗无关的原因：“我热爱美丽的大自然，但也不惧怕死亡，哪怕死亡现在来临，因为我知道我不过是一个现象，时间在我的脑海里，随大脑的消亡而消逝。”(1880 年2月5日/17日)。这种意见似乎可以印证我们上面提到的勃留索夫的观点。只是这是费特的理论观点。而在这首诗中，一切都是不同的。在那里，“时间”不是一个主观的范畴，而是客观的：它的消失不以人的意志为转移，而且它的消失同时伴随对整个美丽的自然世界的悲剧性领悟。

H.聂多勃罗沃在著名的文章《与时间斗争的人（费特）》(1910)中出色地展示了费特如何与时间"斗争"，诗意地定型了生命的瞬间："艺术战胜时间都是通过费特的各种各样的为艺术所奏响的颂歌流露出来的。"但这里有一个矛盾之处：战胜时间并不意味着能够摆脱空间里的时间。正因为如此《永远别这样》这首诗出人意料地被解读为："费特抛出一个暗示：'无论身在何处，拥抱的都是空无，那里茫茫空间吞噬了时间'。这种奇怪的表达对费特有着深刻的象征意义。在那里，你还可以发现两个在空间中摆脱时间的办法。"然而，须知费特的主人公不仅不寻求这样的命运，甚至他害怕的正是这样的命运。因此很难赞同批评家对费特在这首诗中描绘的地球灭绝图画的见解："难道在整个地球历史中，从我们的时代到世界末日，地球的面貌只会朝着俄罗斯地主房屋被毁的方向改变？俄罗斯人的村庄和有破旧钟楼的教堂将留在原地？假设俄罗斯乡村生活的物质遗迹将被保存到世界末日，这难道不是意识对时间范畴的无知吗？当然，费特描绘自己的图景是很天真的，他的注意力集中在诗的其他方面；但扑入眼中的惊人怪事，却是他所特意描写的。"然而，费特并不需要这样的宽恕：他刻意（而不是天真地）创造的是抒情诗的画面，而不是科幻的图景。

永恒的主题自然引起了费特的宗教观问题。1879年2月1日，列夫·托尔斯泰写信给《永远别这样》这首诗的作者："……这种情况是不可能的，因为它并非人类的情况。但精神层面的问题却被巧妙地提出。不过我对这个问题的回答却与你不同。——我不想重新回到坟墓里去。对我来说，除了我，任何生命的毁灭，并非一切都完结了。对我来说，我与上帝的关系依旧存在，也就是我与那个创造我、吸引我并将毁灭或改变我的力量的关系。"但托尔斯泰的这一判断绝不能证明费特的所谓"无神论"，多年来这一说法在研究诗人的权威学者的著作中几乎是司空见惯的。Г.勃洛克的著作《诗人的诞生，费特青年时代的故事》(1924)，在形成这一观念方面起了重要作用。书中讲到费特曾以莱辛巴赫的名义所打的一种独特的"赌"，即二十年后他将"否认上帝的存在和人类灵魂的不朽"。A.塔尔霍夫在对费特《作品集》第二卷(1882)的评论中使得这一论证在引文的严谨性方面遭到了很有说服力的质疑，并在这篇文章中提出了讨论这个问题的原则，至此这个问题似乎已经解决了。在此，作者还指出，费特的诗歌可能就是其真正信仰的证明。

1983—1985年，《俄罗斯基督教运动公报》好几期展开了广泛的讨论。"关于费特的世界观。费特是无神论者吗?"——这是H.斯特鲁韦的一篇文章的标题。接着是演讲稿：E.埃特金德的《关于A. A.费特的世界观》；

H.斯特鲁韦“费特是一个无神论者吗？——对E.埃特金德教授之信的答复”及其他文章。我们在B.宪欣娜的研究中发现了这种论战的延续性，其中也包括其缜密的文章《作为形而上学之诗人的A．A.费特》。“像费特这样具有多面个性的艺术家，在我们看来是一个复杂的统一体。而费特的本体论诗歌清楚地表明，他不是一个无神论者。”作者公允地写道。

但这种统一性不仅是复杂的，它还是矛盾的，并且是对片面论断的警戒。发表于《文学遗产》新卷中的书信为研究这一问题提供了重要资料。例如，1880年2月5日/17日费特给斯特拉霍夫写信说：“无论是我，还是叔本华，都不是不信神的人，也不是无神论者。不要误以为我这样说是为了讨好您。我如此自重，为此甚至不怕对您大声说出，‘就是这样，费丽察，我就是这么腐化的人。’”在有信仰的人深刻而痛苦的这一自我剖白背后，可以听到与斯特拉霍夫哲学对话的回声，显然，他当时把费特看作无神论者。

在波隆斯基那里也产生了类似的印象。1890年10月25日，在热情赞誉费特的诗《令人怜悯的责难……》时，波隆斯基写道：“主啊，我的上帝！——这难道不是我喜欢你的原因吗？——你有着人类的外表，你的心灵却是不朽的纯洁？！——你还嘲笑我对灵魂不灭的信仰！如果谁不信这个，就不要让他读你的诗，——他不能理解——不是任何人都能懂!”

当然，费特为自己朋友的朴实的信仰善意地笑了，但毕竟是笑了。作为一个诗人和思想家，他走的永远是一条精神探寻之路。早在年轻时，费特就给波隆斯基写道:“……不信和信仰共存于我的身体里，这并非在大学时代结出的果实，而是生活的枷锁所致。”(1846年5月31日)

在这方面，尽管后来有种种分歧，但费特始终感到与列夫·托尔斯泰特别近似。1886年10月4日，他在给C.A.托尔斯泰的信中说，列夫·尼古拉耶维奇·托尔斯泰“比所有人都清楚，他在我眼中的地位有多高，尽管我们在对宝贵真理的界定上有所分歧”。另一方面，列夫·托尔斯泰也珍视费特那和自己“同样的天性”(见他1869年8月30日致费特的信)。1866年11月7日，他写信给费特:“您是这样的人，不说别的，仅凭您的聪明才智，我就认为您是我所有熟人中最出色的人，而在私交中，只有您给了我另一种食粮，虽然并不是唯一的，但它使人一吃就饱了。”

在托尔斯泰和费特的众多书信中，有一封1876年4月29日来自托尔斯泰的信谈到了费特宗教观的特殊性。“我很感谢您，在您认为自己快要辞别人世时想到我们距离较近而叫我过来看看您，”托尔斯泰给费特写道，“当我准备去那里的时候，如果我头脑还能思考的话，我也会像您这样做的。到那个时刻，就像您和我的哥哥一样，我任何人都不需要了。临终前，能与看透这种生活的人交流是十分难得也相当开心的，而您和那些我一生中十分投缘的少有的真正的人们，尽管你们对待生命有着正确的态度，但总是站在一个小小角落清清楚楚地看它，而且由于一会儿把生命看成涅槃、无限、不可知，一会儿又看作轮回，于是这种对涅槃的看法就强化了某种观点。而那些凡夫俗子无论怎样把上帝讨论得热火朝天，我们对这些兄弟都是不太喜欢的，而且他们在面对死亡的时候一定都非常痛苦，因为他们没有看到我们所看到的**那个更不确定，更遥远，但更崇高更不容置疑的上帝……”**费特把这封信的内容收录在他的回忆录里，有一些地方有所删减，没发表任何看法，但是我们可以知道他大体上赞同托尔斯泰的观点。

我们将再次回到有关费特宗教观的讨论上来，因为这同他的主要主题——爱和创作是密不可分的。

（节选自《费特与“纯艺术派”美学》
《文学问题（Вопросы литературы）》2003年第2期）

译后记

与费特的抒情诗真正结缘，并让翻译的费特抒情诗选正式出版，得感谢著名俄苏文学翻译家顾蕴璞先生。

早在20世纪80年代初，酷爱读诗也在学着写诗的我，就已在国内文学刊物和世界抒情诗选、俄国诗选等资料中，通过翻译成中文的费特的诗歌慢慢了解并熟悉了费特。由于往往只有寥寥数首，当时只是觉得他是有特色的诗人而已，并未留下特别深刻的印象，也未对我的诗歌创作产生什么影响，更从未想到翻译他的诗歌。

1993年9月，我带着《丘特切夫研究》的课题，到北京大学做访问学者。当时，我的导师彭克巽先生（1928—2017）回台湾探亲，我暂时没人指导，而我的访学时间仅仅只有一年，短暂而宝贵，但我又特别希望在这一年时间里能有更大的收获。于是，我就到俄语系去找课听。猛然间发现有顾蕴璞教授上的俄国诗歌课！而他是我早就喜爱和钦佩的学者和翻译家，于是，便找到教室去听他的课。课间休息时，我向他介绍了我自己。他听说我研究丘特切夫，很感惊奇，因为他1992年才从莫斯科大学做高级访问学者回来，深知当时就连俄国学界也因为丘特切夫极富哲理深度和现代技巧而有相当的难度因此研究者不多。他当即问我写过关于丘特切夫的哪些文章，正在写什么文章。我一一向他做了汇报，并告诉他，我最近完成了一篇论文:《俄罗斯诗心与德意志文化的交融——丘特切夫哲理抒情诗形成的原因》，他马上眼睛一亮，问我是否已投给杂志，我说还没来得及。他说，我是《国外文学》的编委，你这篇文章很好，你愿意我给你推荐到《国外文学》发表吗？我真是喜出望外，很快就把论文交给了顾老师。这篇文章不久就在《国外文学》发表了。对一个素昧平生的后辈如此爱护、帮助，顾老师这种关心学术、帮助和提携后辈的精神，对我此后的人生有重大影响。后来，他又主动推荐了我的另一篇论文《在诗意的自然中探索人生之谜——丘特切夫对屠格涅夫的影响》，发表在1994年的《外国文学研究》上。

1994年春天，顾老师给俄语系的硕士生开了一门俄国诗歌翻译课。这是增强对俄语及俄语诗歌理解、提高翻译技巧的绝好机会，因此我也一次不落地去听课。一次，他布置课外作业，让我们翻译费特的名诗《呢喃的细语，羞怯的呼吸……》。在翻译这首诗的时候，我突然发现，费特的诗不仅语言特别优美，而且艺术手法空前的大胆，他竟然敢在西方那么讲究逻辑的语言中，写无动词诗！这即使在最适合写诗的古汉语中都是不多见的！为了充分体现费特的创新，我在翻译的时候，不仅复制了原诗的韵脚，更没有采用一个动词。没想到，我做的这个作业得到顾老师很高的评价，还在课堂上加以朗诵。我因为多方面原因被压抑的诗歌翻译欲（早在20世纪80年代初，我在读大学时就曾翻译过阿布哈兹诗抄和伊萨科夫斯基、屠格涅夫的一些抒情诗，80年代中后期读硕士研究生时，又曾翻译过沃罗宁的多篇小说、阿斯塔菲耶夫的《俄罗斯田园颂》，以及关于古米廖夫、丘特切夫的多篇论文，并曾在《新创作》《文学月报》《俄苏文学》等刊物上发表过俄苏诗歌、小说、论文等方面的翻译作品，还曾获得《俄苏文学》首届全国性的翻译比赛三等奖），从此一发不可收拾。而正好费特的抒情诗在这时又引起了我强烈的兴趣，因此1994年7月访学结束回到家里后，我一连几年每天晚上不看电视（当时正好是港台武侠电视连续剧热播的时候，而我又是一个武侠小说迷武侠影视迷！），也不出门访友，只是安静地坐在书桌前好几小时好几小时地翻译费特的诗歌。尽管呕心沥血（有时为了一个句子一个词语，搞得头昏脑涨，甚至半夜醒来突然豁然开朗，赶忙翻身起床，开灯修改，多次惹得妻子嗔怪），好在几年下来，翻译的诗歌也积累了180多首，并且在《国外文学》、香港《大公报》、台湾《葡萄园》等刊物上发表过数十首。这段时间的翻译实践，不仅使我积累了不少的翻译作品，而且也使我积累了不少翻译经验，特别是使我爱上了翻译，为我后来走上翻译之路成为翻译家，打下了牢固的基础。

然而，我这些为数不少的费特诗歌翻译出来之后，顾老师也就跟着添了一件心事：看了我的译诗，他评价很高，认为不仅很好地复制了原诗的韵脚，更出色地传递了原诗的神韵，不少诗歌的语言甚至比费特的原诗还要生动优美。从此，顾老师一直操心着它们的出版。十几年的时间里，他多次向好几个出版社推荐我翻译的费特抒情诗选，可惜由于多方面原因都未能成功。一直到2013年，经他鼎力推荐，中国友谊出版公司接受了我有关费特的译诗，这才终于使我的《自然·爱情·艺术·人生——费特抒情诗选》成功地与广大读者见面了。这本书的出版，充分证明了顾老师的眼光。该书当年重印了两次，第二年（2014年）又推出了给中小学生的普及版。同时，该书也得到了俄苏文学著名翻译家谷羽、俄国文学著名学者和翻译家王志耕、作家和诗人曾庆仁等人的高度评价，如曾庆仁在《理性王国的感情之花——试论曾思艺的诗歌创作与文学翻译》一文中谈道：“我感到奇怪的是，他怎么能在完全复制原作韵脚的情况下，又把诗歌翻译得那么自然、清丽、优美，要知道，许多的翻译者甚至一些著名的翻译家为了凑韵，都不惜因韵害意，以致语言别扭，大煞风景。”[1]

光阴似箭。现在，该书出版已经九年多了。在这九年里，我继续搜集（尤其是2018年夏天在圣彼得堡大学访学时更是搜集了数十种有关费特的纸质和电子资料）、阅读并且研究费特的诗歌，对费特了解得更全面深刻，对其诗歌也理解得更为透彻。我发现还有两方面的工作要做。一是原来翻译的费特诗歌，有些地方理解得还不够准确，必须加以修正；二是费特一生创作了800多首抒情诗，还有不少好诗没有翻译过来，就连其著名的爱情诗《拉兹契组诗》都有很多没有翻译成中文，还有献给未婚妻和妻子鲍特金娜的一些不错的诗歌也没有翻译成中文。因此，我又花费了几个月的时间，把原来翻译的诗歌对照费特诗歌的俄文原文，进行了一定的校改，同时又新译了100多首费特的诗歌，其中特别补译了著名的《拉兹契组诗》中的一些诗和《鲍特金娜组诗》，以飨读者。这样，现在的这本费特抒情诗选，一共收入费特抒情诗302首，是目前国内翻译费特诗歌最多的一个译本。在这次修订时，参考了此前出版的费特诗歌译本，在这里谨对它们的译者表示感谢！同时，更要感谢顾蕴璞先生，没有他当时对我试译费特诗的充分肯定，我就不会有那么大的热情去翻译费特的诗歌；没有他的鼎力

1　《科技新报》2008年4月24日第7版。

推荐，我的《费特抒情诗选》就不可能在2013年问世！还要感谢内蒙古大学的王业副教授，她帮助校看了一些费特的译诗尤其是新翻译的诗歌，并对其中的一些译诗提出了很好的修改意见。此外，还要感谢中国工人出版社的领导特别是宋杨编辑，她是一位很有灵气而且慧眼识珠的好编辑，不仅最早认定这套书不错，而且还特别建议翻译《费特与“纯艺术派”美学》这篇精彩的文章作为附录，正是他们的慧眼和非凡的魄力，才使得这本诗选能以更好的面貌与广大读者见面，同时也让这套俄国唯美主义诗歌译丛得以问世。

2021年6月16日天津小站天山龙玺紫烟阁

图书在版编目（CIP）数据

星河摇摇欲坠：费特诗集 /（俄罗斯）阿法纳西·阿法纳西耶维奇·费特著；曾思艺译. 一北京：中国工人出版社，2023.11
ISBN 978-7-5008-8137-7

Ⅰ. ①星…　Ⅱ. ①阿… ②曾…　Ⅲ. ①诗集－俄罗斯－近代　Ⅳ. ①I512.24

中国国家版本馆CIP数据核字（2023）第235168号

星河摇摇欲坠：费特诗集

出 版 人　董 宽
责任编辑　宋 杨　李 骁
责任校对　张 彦
责任印制　黄 丽
出版发行　中国工人出版社
地　　址　北京市东城区鼓楼外大街45号　邮编：100120
网　　址　http://www.wp-china.com
电　　话　（010）62005043（总编室）
　　　　　（010）62005039（印制管理中心）
　　　　　（010）62379038（社科文艺分社）
发行热线　（010）82029051　62383056
经　　销　各地书店
印　　刷　北京盛通印刷股份有限公司
开　　本　787毫米×1092毫米　1/32
印　　张　14.375
字　　数　80千字
版　　次　2024年2月第1版　2024年2月第1次印刷
定　　价　68.00元